1판 1쇄 발행 2024년 6월 25일

지은이 | 구본우
펴낸이 | 양승윤

펴낸곳 | (주)와이엘씨
출판등록 | 1987년 12월 8일 제1987-000005호
주소 | 서울특별시 강남구 강남대로 354 혜천빌딩 15층 (우)06242
전화 | 02-555-3200
팩스 | 02-552-0436
홈페이지 | www.ylc21.co.kr

ISBN 978-89-8401-858-7 03810

모베리는 다양하고 창의적인 생각과 세상의 모든 이야기를 담은
(주)와이엘씨의 출판 브랜드입니다.

그 동물병원에서 어떤 생명은 기적처럼 살았다. 수의사는 그걸 기적이라며 뭉뚱그렸으나, 난 그게 그리 쉽게 일어나지 않는단 걸 잘 안다. 그건 실은 이전에 떠나보낸 동물 앞에서 '내 치료 방법이 맞았던 걸까' 수만 가지 후회를 하며 괴로워하는 마음이 있었기에 가능했단 것도.

작가가 기억하려 쓴 애달프고 작은 존재들을 더 많은 이들이 오롯이 봐 주기를, 함께 기억하여 안타깝게 별이 된 아이들의 수만큼 무언가 바뀌 주기를. 짧은 추천사로는 좋은 책이 다 담기지 않아 수없이 지웠다가 썼다. 이 책이 내게 와서 정말 다행이다.

남형도 머니투데이 기자

어린 시절, 왜 그렇게 부드럽고 따뜻한 털을 좋아했는지는 기억나지 않는다. 그냥 동물이 좋았다. 길에서든 TV에서든 동물들을 보기만 해도 저절로 미소가 지어질 만큼 행복했다. 그렇게 미래의 꿈은 막연히 동물과 관련된 일을 하는 걸 꿈꿨고, 아버지가 정형외과 의사였기 때문에 자연스럽게 동물을 치료하는 사람이 되고 싶었다. 그러나 자라면서 한국 수의사에 대한 정보를 조금 더 구체적으로 알게 되었고 수의사의 꿈을 망설이게 되었다. 한국 수의사들은 보통 강아지, 고양이 같은 소동물에 대한 치료보다 소나 돼지 같은 대동물 또는 닭이나 오리 같은 산업 동물을 치료하거나 컨설팅하는 업무가 더 많다는 걸 알게 되었기 때문이다. 나에게 소동물이나 대동물은 모두 같았다. 다만, 내가 어렴풋이 생각했던 수의사라는 직업과 현실 속 수의사의 모습이 사뭇 다르다

는 생각에 겁이 났다. 그 이후, 본격적으로 입시 준비를 하면서 어릴 적 막연했던 꿈에 대한 갈망도 자연스레 잊혀져 갔다.

그렇게 시간이 흘러 두 번의 입시 실패로 좌절했을 무렵, 당시 선생님께서 혹시 동물에 관심이 있으면 수의사가 되는 건 어떻겠냐고 물어보셨고 그 순간 '띵'하고 머리를 한 방 맞은 듯한 느낌이 들었다. '아, 맞아! 내 꿈이 수의사였지!' 잊은 줄 알았던 꿈이 다시 수면 위로 떠오른 순간이었다.

정해진 운명이었던 걸까. 나는 그해 바로 수의대에 입학하게 되었고, 시간이 흐르고 흘러 지금 그 소년은 수많은 동물들과 교감하며 아픔을 공유하고 치료하는 자칭 낭만 수의사가 되었다. 수의사의 삶이란, 매일을 긴장 속에서 지내며 때론 밤을 지새우기도 하고 눈물을 삼켜야 하는 경우도 많다. 그렇게 최선을 다해도 만족

할 수 없는 결과를 얻을 때도 있다. 특별하진 않지만 수의사로서 한 생명의 출생부터 삶의 과정 그리고 죽음까지 많은 경험을 하고, 동물들과 감정들을 공유하고 교감했던 순간순간의 일상들을 함께 나누고 싶었다. 그것이 그림이든, 글이든 내가 표현할 수 있다면 어떤 것으로든 나누고자 했던 마음이 시작할 수 있는 용기를 주었다. 이 책은 나에게 영감과 감동, 그리고 사랑을 준 동물들을 기억하기 위해 쓰고 그린 나의 마음이자, 러브 레터이다.

그림 그리는 낭만 수의사

구본우

지금

그 소년은

수많은 동물들과

교감하며

아픔을 공유하고

치료하는

자칭

낭만 수의사가

되었다.

몽글몽글 포근한

차례

:: 나의 아주 특별한 친구들에게

생명을 살리는

숭고한

목적 앞에선

모두가 평등하다.

::

모든 동물들을

최선을 다해

사랑으로

치료할 것을

약속한다.

그래서
나는
수의사가

되었다

내가 처음 만난 동물들

나는 어릴 때부터 동물을 좋아하는 아이였다. 부모님은 동물을 키우고 싶다는 아들의 고집을 묵묵히 견디셔야 했다. 어른들 낚시에 따라가서 잡은 게를 집에서 키우기도 하고, 냇가의 물고기들을 집에서 키우겠다며 조르기도 했다. 막내아들의 동물 사랑에 부모님도 점점 지쳐갔고, 결국 부모님은 판매용 수족관에서 본 거북이를 키우고 싶다는 아들의 요청을 끝내 거절하지 못하셨다. 드디어 나에게도 첫 반려동물이 생긴 것이다.

나는 거북이를 평범하게 키우고 싶지 않았다. 수족관에서 본 것처럼 작은 수조에 넣어서 밥만 주며 살게 하고 싶진 않았기 때문이다. 부모님을 졸라 베란다에 벽돌과 두꺼운 비닐을 이용해 거북이만의 넓은 공간을 만들었다. 그리고 갖가지 모래와 돌들로 넓고 쾌적한 환경을 꾸며 주었다. 거북이와 함께 살며 거북이의 행동

하나하나를 보는 것은 내게 일상의 큰 행복이었다. 느린 것 같지만 제법 빠르게 움직이는 거북이를 보고 있으면 시간이 어떻게 가는지 모를 정도였다. 엄마 아빠는 거북이와 나를 걱정스레 바라보기도 하셨고, 나 대신 거북이 집 청소를 하느라 고생하셨다. 생각해 보면 거북이와 나의 동거는 처음부터 가족의 희생이 있었기에 가능한 일이었다. 그런데 거북이를 키우다 보니 조금씩 더 욕심이 생기기 시작했다. 보드랍고 따뜻한 촉감을 느낄 수 있는 동물을 키우고 싶다는 생각이 들었기 때문이다. 거북이는 대부분 물에 젖어 있었고, 변온동물이기 때문에 온기나 부드러움을 느낄 수는 없었다.

::

그러던 어느 날, 우연히 토끼를 분양하는 걸 보게 되었고 토끼를 키워야겠다는 새로운 목표를 가지게 되었다. 무엇보다 처음 토끼를 만졌을 때 그 촉감을 잊을 수가 없었다. 나는 매일매일 토끼를 키우는 상상을 하며 토끼를 키울 수 있는 온갖 방법을 생각했다. 그리고 고등학생이 되던 해, 드디어 기회를 얻게 되었다. 아주 작고 예쁜 두 마리의 토끼였다. 토끼는 내 손바닥에 올려질 정도로 작고 가냘펐다. 나는 토끼들도 거북이처럼 집에 풀어서 키우기 시작했고, 토끼들이 잘 먹고 잘 지내는 모습을 보며 행복해 했다.

처음

토끼를

만졌을 때

그

부드럽고

따뜻한

촉감을

잊을 수 없다.

나의 첫 반려 토끼

그러나 그 행복은 오래가지 않았다. 그때는 토끼를 돈벌이로 사고파는 일들이 많던 시기였고, 무분별하게 번식시켜 아직 엄마 품에 있어야 하는 새끼를 분양하는 경우가 많았다. 나중에 안 일이지만 우리 집에 왔던 두 마리의 토끼들도 그런 어리고 약한 아이들이었다. 결국 집에 온 지 며칠 만에 눈에 병이 생기기 시작했고, 당시 동물병원이란 걸 생각하지 못한 나는 아버지 친구인 안과 의사 선생님께 물어 안약을 넣어 주며 최선을 다해 돌봤지만 소용이 없었다. 토끼들의 상태는 점점 나빠져 아무것도 먹지 못했고, 결국 두 마리 모두 회복하지 못하고 무지개다리를 건넜다.

::

그날, 내가 느낀 첫 상실감과 충격은 이루 말할 수 없었다. 학교에도 갈 수 없었고 학원도 며칠간 나가지 못했다. 내 손 안에서 코를 벌렁거리며 숨쉬던 작고 여린 아이들이 머릿속에서 지워지지 않았다. 어쩌면 나의 호기심과 이기심에 여리고 가엾은 두 생명이 떠난 것이라는 생각이 들었고, 내가 잘못한 것들을 떠올리다 보니 견딜 수 없는 고통과 후회가 물밀듯이 몰려왔다. 모든 것이 다 내 잘못 같았다. 밥을 잘못 줘서 그런 건 아닌지, 물을 많이 먹어서 그런 건 아닌지, 아니면 환경에 문제가 있었던 것인지 모든 것이 다 후회스러웠다.

::

그리고 며칠 후, 마음이 조금씩 안정되면서 아버지가 한 이야기가 떠올랐다. '생명은 자연스레 오는 것이고 자연스레 갈 수도 있다. 우리가 할 수 있는 것은 최선을 다해 도와줄 수 있느냐 없느냐의 차이'라는 말이었다. 나는 동물을 누구보다 사랑하신 아버지가 동물을 키우는 것에는 왜 그렇게 엄격하고 단호하셨는지 비로소 이해할 수 있었다. 생명의 소중함과 고귀함을 누구보다 잘 알고 계셨던 것이다. 지금도 어린 시절의 나처럼 동물을 분양받는 이들이 많다. 그 이유는 다양하다. 너무 귀엽고 예뻐서, 아이들이 원해서, 자녀들에게 친구를 만들어 주려고, 본인의 외로움을 위해서 등등. 그러나 쉽게 데려온 아이들은 그만큼 쉽게 버림받게 될 수 있다. 자녀들을 핑계로 반려동물을 키우게 된 사람들은 그 핑계가 사라지면 책임감도 쉽게 사라질 수 있다. 많은 사람들이 생명에 대해 조금 더 신중하고 책임감 있는 마음을 가졌으면 좋겠다. 나만의 행복과 안위를 위해 한 생명이 이용되거나 소비되는 일은 없어야 하기 때문이다.

잊지 못할 나의 첫 반려견

내가 첫 반려견을 만난 건 대학교 입시를 준비하던 시기였다. 고등학교 때 토끼를 하늘나라로 보낸 이후, 나는 더는 동물을 키우자는 말을 하지 않았다. 하지만 마음속에는 늘 언젠가 동물과 함께하고 싶다는 바람은 갖고 있었다.

::

나의 첫 반려견 뽀로리와의 운명적인(?) 만남은 우연처럼 찾아왔다. 어머니께서 친한 지인이 키우던 강아지가 참 이쁘다며 종종 말씀하시곤 했는데, 어느 날, 그 지인이 개인적인 사정으로 강아지를 키울 수가 없게 된 것이다. 다른 집에는 절대 보낼 수 없지만 우리 집이라면 아이를 보낼 수 있다고 했고, 그렇게 우리와 가족이 된 아이가 나의 첫 반려견 뽀로리다. 뽀로리는 우리 집에 많은

변화를 가져왔다. 뽀로리가 오면서 적적했던 집 분위기가 화기애애한 대화와 웃음이 끊이지 않는 분위기로 바뀌었다. 무엇보다 가장 큰 변화는 개를 별로 좋아하지 않던 어머니였다. 결벽증이 있을 정도로 깔끔했던 어머니가 뽀로리의 배변이나 배뇨, 털 날림에도 관대해졌고, 만나는 사람마다 뽀로리 자랑을 늘어놓거나 길에 산책하는 강아지들만 봐도 저절로 미소가 지어질 정도로 바뀐 것이다. 형과 나도 뽀로리를 통해 마음의 위안을 얻게 되었고, 외출했다가도 뽀로리가 보고 싶어 서둘러 집에 돌아오곤 했다. 그렇게 뽀로리는 완벽하게 우리 가족으로 스며들었다.

::

뽀로리가 우리 집에 온 지 만 8년이 될 즈음, 뽀로리도 조금씩 나이 드는 것이 눈에 보였다. 당시 수의대생이었던 나는 건강에 좋은 것들을 챙겨 먹이며 더욱 신경을 썼다. 하지만 그럼에도 불구하고 뽀로리는 조금씩 건강이 나빠졌고, 결국 관절이 안 좋아져 수술을 하게 되었다. 학생 신분이었지만 기회가 되어 나도 뽀로리의 수술에 참관할 수 있었다. 그러나 막상 수술에 참관하며 든 생각은 기대만큼 동물에 대한 수술이 전문적이지 못하단 것이었다. 그도 그럴 것이 동물병원은 특성상 내과, 외과, 이비인후과, 치과, 신경외과, 내분비학과, 심장내과 등 세분화되어 있지 않고 한 사

강아지 천국에서 뽀로리

이 작은

생명체가

반려동물을

넘어

한 가족의

일원으로서

얼마나

소중한

존재인지.

람이 모든 과목을 다 봐야 되기 때문에 전문성에 한계가 있었다. 안타깝게도 뽀로리는 두 차례의 재수술을 받아야 했고, 그 과정에서 수술 중 저체온을 예방하기 위해 깔아 놓은 열 장판에 피부 화상까지 입게 되었다.

다행히 재수술은 잘 끝났지만 몇 년 뒤, 뽀로리는 노령으로 인한 심장병으로 1년도 채 안 되어 가족 품에서 피를 토하며 세상을 떠났다. 그 과정에서 우리 가족이 받은 상처는 생각보다 컸고, 어머니는 펫로스 증후군으로 우울 장애까지 겪게 되었다. 나 역시 그때의 충격이 20년이 지난 지금도 잊을 수 없는 기억으로 남아 있다. 뽀로리와의 시간은 이 작은 생명체가 반려동물을 넘어 한 가족의 일원으로서 얼마나 소중한 존재인지를 깨닫게 된 계기가 되었고, 앞으로 내가 수의사로서 찾아갈 방향성과 의미를 찾는 좋은 디딤돌이 되었다.

::

뽀로리를 보낸 후, 가장 많이 달라진 점 중의 하나는 지나가는 개미도 밟지 않으려고 노력한다는 것과 집에서 벌레가 있더라도 해충이 아니라면 밖에 놓아준다는 것이다. 그리고 두 번째는 수의사로서 최선을 다하지만 그 결과에 대해 겸허히 받아들일 수 있는 겸손한 마음을 가지게 된 것이다. 어쩌면 나는 수의사로서 어떤

상황에서든 모든 생명을 살려야 한다는 의무감과 압박감을 갖고 있었는지도 모른다. 그러나 때에 따라선 그것이 오히려 독이 되거나 오만함의 결과를 낳을 수도 있다. 무엇보다 의사인 아버지로부터 보고 배운 성실함은 의사의 가장 기본이라고 생각한다. 경험이 많고 경력이 많더라도 절대 교만하지 않고 성실히 최선을 다할 때, 어떤 결과가 오더라도 후회하지 않을 수 있기 때문이다.

::

앞으로 수의사로 살아가는 동안, 내가 치료하는 모든 동물들을 최선을 다해 사랑으로 보살필 것을 약속한다. 히포크라테스의 선서처럼 그 마음을 늘 잊지 않고 기억할 것이다. 이것이 뽀로리가 나에게 준 선물이자, 내가 의사로서 뽀로리를 통해 깨달은 최고의 사명이라고 생각한다.

수의대 시절 느낀 생명의 존엄성

수의대에 진학하면서 내심 많은 기대를 했었다. 다른 어떤 직업보다도 많은 동물들을 접할 수 있는 데다가 학문적으로도 성장할 수 있기 때문이다.

물론 처음부터 수의대 수업이 재미있고 흥미로웠던 건 아니었다. 예과 2년 동안은 생물, 화학 등 기초과학부터 통계학, 미적분학까지 해야 했다. 본과에 진학하고부터 수의학에 조금 더 근접했지만 너무 방대한 양의 공부에 점점 지쳐가고 있었다. 모든 해부구조나 기능적인 부분뿐 아니라 약리학 등 화학적 작용에 대해서도 공부를 해야 했고, 무엇보다 수의학은 동물에 대한 지식이 필요하기 때문에 다양한 동물들에 대한 각각의 특징과 뼈의 개수 등 차별점을 기계처럼 달달 암기해야 했다. 그러다 보니 지금 생각해보면 정작 학창 시절을 어떻게 지냈는지 잘 기억이 나질 않는다.

하지만 지금도 잊을 수 없는 것 중 하나는 실험동물들을 보면서 느꼈던 그때의 상황과 수많은 감정들이다.

::

실험동물로 가장 많이 나오는 동물은 마우스와 래트이다. 마우스와 래트의 가장 큰 차이는 크기다. 마우스는 몸길이가 5센티미터 정도 되지만 래트는 25센티미터이다. 간단한 실험부터 해부 등의 실험에도 다양하게 쓰였는데 이런 실험을 할 때마다 인간이 동물들의 생사를 좌지우지한다는 것이 심적으로 힘들었고, 동물을 치료하고 살리기 위해 수의사가 되기로 한 우리가 그것을 위해 또 다른 생명을 죽여야 한다는 아이러니한 현실이 너무 괴로웠다. 물론 그것은 수의사가 되기 위해선 어쩔 수 없이 겪어야 할 과정이었지만 그런 방법이 아닌 다른 방법을 좀 더 고민하고 찾아가야 하지 않을까 하는 생각을 했다. 지금은 동물보호법으로 인해 함부로 동물을 실험하고 해를 가할 수 없지만 그때만 하더라도 유기동물로 실험을 하거나 실습하는 일이 비일비재했고, 그것이 어떠한 사회문제도 되지 않았다. 그나마 지금 이렇게 많은 변화가 생긴 것은 동물의 권리와 생명 존엄에 관해 많은 분들의 관심과 참여가 있었기 때문이라고 생각한다.

수술할 때, 기술적인 면도 중요하지만 가장 중요한 것은 기본적

인 원리의 이해와 잘하는 사람이 하는 것을 보는 것이라고 생각한다. 그다음으로 내가 가장 많이 하는 것은 눈을 감고 시뮬레이션을 해 보는 것이다. 처음 마취부터 시작해 수술 부위를 어디로 지정하고 얼마큼 절제할지를 머릿속으로 먼저 그려 보는 것이다. 그 이후의 상황도 상상하며 상황을 반복하다 보면 상상 속에서도 어려움이 생기고, 의문점이 들기도 한다. 그럼 그럴 때마다 다시 자료를 찾아보고 영상을 보면서 시뮬레이션을 해 본다. 이렇게 상상 속에서 반복적인 시뮬레이션을 하고 난 후에 수술을 하면 좀 더 자신감이 생기고, 불필요한 시간을 줄일 수 있으며 실수하지 않을 수 있다는 게 내 생각이고 경험이다.

지금도 처음으로 칼을 대는 수술을 했을 때를 잊지 못한다. 간단한 수술이었지만 그 전날은 잠도 못 자고 밤새 눈을 감고 수술하는 상상을 했었다. 실제 수술이 시작되자, 가슴이 떨리고 심장이 터질듯한 긴장감이 있었지만 다행히 무사히 수술을 마칠 수 있었고 좋은 결과를 얻을 수 있었다.

::

지금도 나는 처음 하는 수술이나 복잡한 수술이 있을 때, 혹은 자주 했던 수술이라도 어려운 수술을 할 때는 언제나 수술 전에 시뮬레이션을 해 보곤 한다. 하지만 그러다 보니 다른 상황에서도 시뮬

레이션을 하는 버릇이 생겼다. 수의사로서는 좋은 습관이라 할 수 있지만 일상적인 삶 속에서의 나에게는 그렇게 좋은 습관은 아니라고 생각한다. 예전에는 걱정하기에 앞서 먼저 행동하는 편이었다면 지금은 생길 수 있는 모든 상황을 미리 시뮬레이션하게 되었고, 결국 안 해도 될 걱정까지 늘어났기 때문이다.

::

그럼에도 불구하고 나는 내가 수의사로서 살아가는 동안 이 습관을 계속 유지할 생각이다. 그것이 내가 수의사로서 가질 수 있는 최소한의 도리와 자세라고 생각하기 때문이다. 나는 누군가의 가족이자 소중한 생명을 살리기 위해 순간순간 수많은 고민과 선택의 순간에 놓인다. 때론 그런 최선의 노력과 상관없이 결과만 가지고 수의사를 원망하는 경우를 볼 때도 있다. 보호자이자 수의사인 나는 그 두 마음을 너무나 잘 알고 있기 때문에 그런 서로의 마음이 공감되어 더 힘들 때도 있다. 최선을 다했지만 결과적으로 후회가 된 적도 있었다. 하지만 단 하나 확실히 말할 수 있는 것은 수의사로서 생명을 살리는 숭고한 목적 앞에선 모두가 평등하다는 것이다. 그리고 수의사로서 나는 그 어떤 상황에서도 내가 할 수 있는 최선을 다할 것이다.

생명의 존엄성

누군가의

가족이자

소중한

생명을

살리기 위해

순간순간

수많은 고민과

선택의 순간에

놓인다.

생명을

살리는

숭고한

목적 앞에선

모두가

평등하다.

잊을 수
없는
공중 방역 수의사
시절

매년 동네 고등학교에 일일 진료 상담 선생님 중 수의사 담당으로 행사에 참여하고 있다. 일종의 직업 설명회 같은 것으로 나는 임상 수의사로서 간 거지만, 과거 공중 방역 수의사 근무를 통해 3년간 수의직 공무원으로 일했던 경험이 있기 때문에 수의사의 다양한 역할에 대해 설명해 줄 수 있었다.

::

하지만 대부분의 아이들은 수의사를 동물병원을 하는 임상 수의사만 생각하고 있기 때문에 궁금한 것도 강아지나 고양이 등 흔히 볼 수 있는 동물들에 관한 것이 대부분이다. 그러나 수의사의 진로는 생각보다 다양하다. 그중에서도 크게 임상과 비임상으로 나뉘는데 임상은 말 그대로 동물병원을 운영하는 것이고, 비임상

은 좀 더 여러 분야로 나뉠 수 있다.

임상 수의사도 모두 같은 일을 하는 것은 아니다. 동물병원이라고 해도 특수동물을 치료하는 병원이 있을 수 있고, 다양한 분야의 과를 전공하는 스페셜리스트로서 일하기 위해 대학원에서 공부를 이어가는 경우도 많다. 비임상 수의사는 제약 회사, 화장품 회사 등 기업에서 일하기도 하고, 농림부 산하 공무원이나 농림기술기획평가원 같은 공기업에서 일하는 경우도 있다.

::

나는 3년간 군 생활을 대신해 지방에서 수의직 공무원으로 일했다. 대학에서 6년간의 수의학 과정을 이수한 뒤, 국가고시를 마치고 군 대체복무로 3년의 공중 방역 수의사로 임용된 것이다. 공중 방역 수의사는 수의사가 필요한 전국 지자체에서 적정 인원을 편성해 3년 동안 군대 가는 것을 대신해 계약을 이행하는 계약직 공무원이다. 공익 근무 요원과는 달리 7급 수의직 공무원(주사보) 대우를 받는다.

나는 전라도청 산하의 당시 축산기술연구소에 발령을 받아 첫 임무로 소 브루셀라병 진단을 담당했다. 소는 도축장에 출하하기 전에 브루셀라병에 감염되지 않았다는 증명서 발급이 의무이다. 때문에 각 지자체에서 출하되는 소의 피를 뽑아 연구소에서 진단

가장 힘들고

고통스러웠던 건

그

피비린내 나는

처참한 광경을

직면해야 하는

현실이었다.

나 스스로도

그날만큼

이 일에 대한

후회와 자괴감이

들었던 적은

없었던 것 같다.

산업 동물의 슬픈 현실

해 음성일 경우 음성 확인서를 발급해 준다. 소의 주인은 그 확인서가 있어야 도축장에 소를 맡길 수 있다. 만약 양성이 확인된다면 연구소에서는 그 축사에 가서 키우는 모든 소의 전수조사를 실시하고 양성이 확인되는 개체는 살처분하는 행정 조치를 한다. 조류독감 업무도 잠시 했었는데 역시 비슷한 업무였다. 조류독감 의심 신고가 들어오면 시료를 채취하고 양성 시 전수 살처분을 시킨다. 살처분 시행은 지자체에서 하지만 인력이 부족해 종종 도와주러 간 적이 있는데 직접 마주한 현실은 너무도 처참했다.

::

겉으로는 아직 건강해 보이는 소를 안락사해서 땅에 묻거나, 닭이나 오리의 경우는 일일이 안락사할 수 없다는 이유로 살아 있는 채로 땅에 묻는다. 그 광경은 지금도 잊히지 않을 정도로 커다란 충격이었고, 자세히 묘사하기도 싫을 만큼 끔찍하고 힘든 기억이다. 그중에서도 가장 힘들었던 기억은 엘크 농장에서의 광우병 전수조사였다. 한여름 장마에 곰팡이 냄새가 풀풀 나는 어느 날, 일어나지 못하는 엘크가 있다는 보고를 받고 엘크 농장에 광우병 전수조사를 하게 되었다. 전수조사가 있는 그날부터 지자체 및 해당 시의 담당들은 모두 긴장을 놓을 수 없다. 엘크는 소만큼 덩치가 크면서도 민첩한 데다가 사나워서 매우 다루기 힘들기

때문이다. 지자체에 근무하면서 종종 엘크 농장의 농장주들이 본인이 키우는 엘크에 의해 사망했다는 부고도 들어봤을 만큼 엘크는 매우 위험한 동물군에 속했다.

::

당시 우리가 조사해야 되는 농가는 그 동네에서 엘크를 가장 많이 키우는 대농가에 속했고, 백 마리가 넘는 엘크들을 직접 블로우 건으로 한 마리씩 마취해 시료를 채취해야 했다. 게다가 광우병 시료는 뇌의 연수 부분을 채취해야 했기 때문에 한 마리 한 마리 경추를 끊어서 목을 머리와 분리하는 고난도의 작업이었다. 성인 3~4명이 한팀을 이루고 보정과 채취 그리고 수집을 했지만 시간 소요가 너무 컸고, 시료 채취에 익숙치 않은 인원도 많았기 때문에 새벽부터 시작했지만 절반도 하지 못하고 저녁이 되었다. 덥고 습한 날씨에 방역복을 입고 피비린내가 진동하는 깜깜한 농가에서 몇몇 중장비의 스포트라이트에만 의지해 이튿날 새벽까지 시료 채취는 계속되었다. 시간이 지날수록 작업자들의 표정엔 피로감이 가득했다. 그것은 방역복까지 입은 습하고 더운 날씨 때문도 아니고 일의 피로감 때문도 아니었다. 가장 힘들고 고통스러웠던 건 그 피비린내 나는 처참한 광경을 직면해야 하는 현실이었다. 나 스스로도 그날만큼 이 일에 대한 후회와 자괴감이 들었던

적은 없었던 것 같다.

::

이처럼 수의사의 일은 동물을 살리는 일과는 무관한 일들도 많다. 제약 회사나 화장품 회사에서 실험동물을 관리하는 일을 하기도 하지만 동물의 복지나 생명윤리가 우선시 되진 않을 것이다. 나 역시 그런 여러 경험들을 통해 수의사로서 동물의 생명에 대한 윤리의식이 더 강하게 자리 잡았는지도 모르겠다. 그렇게 그곳에서의 길고도 짧은 3년간의 임기를 마치고, 그동안 바랐던 임상 수의사의 길에 조금씩 더 가까워졌다.

삶과 죽음의 경계를 걷는 임상 수의사의 삶

공중 방역 수의사 3년간 많은 고민을 하면서 진로를 결정했기 때문에 나는 임상 수의사로서 처음부터 제대로 배워 시작해야겠다는 강한 신념이 있었다.

그 과정의 첫 번째 시작은 우리나라에서 수의학으로 가장 손꼽히는 대학의 교수님께 4개월간 무급으로 실습을 신청한 것이었다. 나는 그곳에서 실습생으로 열심히 배우며 하나하나 조금씩 경험을 쌓았다. 그리고 실습 과정이 끝난 후, 가장 빡빡하게 근무한다는 2차 병원에 원서를 내 2년 동안의 인턴 과정을 시작했다. 인턴 수의사는 힘들고 바쁜 일정을 소화해야 하지만 나에겐 정말 의미 있는 일이었다. 의사가 되어 처음으로 병원에 찾아오는 반려동물과 보호자들과 만나는 중요한 자리였기 때문이다. 그리고 비록 인턴이긴 하지만 수의사라는 타이틀을 가지고 일하는 임상 수의

내가 직면하는
순간순간들은
어쩌면
그런 고민조차
사치일 만큼
긴박하고
간절하다.

그 순간엔
오직
이 소중한 생명을
어떻게
살릴 수 있는지만
생각할뿐이다.

낭만 수의사

사로서의 첫 시작이기도 했다. 그만큼 책임감도 컸기 때문에 시간이 날 때마다 현장에서 마주하는 실습에 필요한 공부를 계속해서 해야 했다.

인턴 생활은 선배 수의사나 원장님께 혼나는 일이 비일비재했다. 하지만 그것 또한 꼭 필요한 과정이었다고 생각하며 그 과정들이 지금의 임상 수의사가 되는데 소중한 발판과 교훈이 되었다고 생각한다.

::

인턴 과정을 거쳐 개인 병원을 연 지금까지 10여년의 병원 생활을 통해 가장 기억에 남는 건 삶과 죽음 그리고 그것을 마주하는 보호자들의 반응이었다.

그동안 많은 동물들의 죽음을 겪어야 했고, 그 삶과 죽음의 경계가 어느 순간엔 내 판단에 따라 갈릴 수도 있다는 것은 막중한 책임감을 넘어 압박으로까지 느껴졌다.

모든 죽음은 각자의 의미와 무게를 가지지만 그럼에도 불구하고 수의사로서 더 책임감을 느끼는 죽음은 나이 들어 병이 드는 것보다 갓 태어난 아기나 어린아이들이 전염병이나 사고 혹은 선천적 질환으로 생을 마감하는 경우이다. 특히, 전염병에 걸리거나 사고를 당한 아이들 같은 경우는 의사로서 나의 판단에 따라 결정

될 수 있는 여지가 좀 더 있다고 생각하기 때문에 내 판단이나 처치로 인해 잘못된 것은 아닐지 수없이 고민하고 고민하게 된다. 하지만 최선을 다해도 때론 어찌할 수 없는 죽음에 직면하는 것이 나의 직업이다.

::

한때는 죄책감에 괴로워하기도 하고 이런 상황을 수없이 마주할 수밖에 없는 내 직업에 회의를 느낄 때도 있었다. 하지만 어쩌면 그것은 처음부터 내가 극복할 수 있는 문제가 아니었을지도 모른다. 내가 할 수 있는 것은 수의사로서 최선의 판단과 조치를 하는 것이다. 그리고 그 결과를 겸허히 받아들이는 것 또한 나의 몫일 것이다. 삶과 죽음 앞에서 나는 오늘도 내 자신이 작은 존재임을 깨닫는다.

낭만 수의사의 꿈

모든 죽음은

각자의

의미와 무게를

가진다.

삶 또한

마찬가지일

것이다.

이 이야기는
나에게
영감과 감동
그리고
사랑을 준
동물들에게
보내는

: :

내 마음속
러브 레터이다.

나의
아주
특별한

친구들에게

따뜻한
밥
한 공기처럼

떠도는 동물들의 삶은 세렝게티나 서울이나 모두 비슷하게 위태롭다. 조금 다른 점이 있다면 아프리카 아이들은 환경에 대한 변화는 별로 없지만 천적에 대한 두려움과 불안감이 클 것이고, 서울 도심에 사는 아이들은 추위, 더위, 배고픔, 소음, 학대 등 주변을 둘러싼 모든 환경이 천적이 될 수 있을 것이다.

::

이렇게 보호받지 못하는 아이들이 구조나 도움의 손길을 받을 수 있는 확률은 아주 낮다. 만약 운이 좋아 구조가 된다 하더라도 제대로 된 치료를 받지 못하고 비극을 맞는 경우도 비일비재하다. 서울만이 아닌 전국에서 치료가 필요한 아이들이 나에게 올 수 있는 확률은 얼마나 될까. 그건 확률을 떠나 인연이라고 생각할 수

밖에 없다. 이런 인연으로 만난 아이들을 치료하고, 도와줄 수 있는 기회를 만난다는 것은 내게도 행운 같은 일이다. 비록 아이들의 고통을 마주해야 하는 현실은 가슴 아픈 일이다. 의사로서 최선을 다했지만 좋지 않은 결말을 맞이할 때도 있다. 하지만 그럼에도 나는 오늘도 작은 불빛이라도 내 도움이 필요한 아이들이 있다면 언제든 함께할 마음의 준비가 되어 있다. 어쩌면 그 과정을 통해 더 많은 것을 얻는 건 아이들이 아닌 나 자신이기 때문이다.

::

오늘도 탈수와 배고픔, 그리고 병마에 지친 한 아이가 나에게 왔고, 내가 의사로서 아이에게 해 줄 수 있는 것은 극히 제한된 도움뿐이었다. 결국 아이는 고양이 별로 떠나 하늘의 별이 되었다. 어쩌면 내가 그 아이에게 해 준 것은 치료가 아닌 따뜻한 밥 한 공기가 아니었을까. 때론 주사 한 대보다 따뜻한 밥 한 공기를 건네는 것이 더 큰 치료가 될 때도 있다. 그래서 나는 나를 찾아온 아이들이 잠시나마 나를 만나 따뜻한 밥 한 공기처럼 따뜻한 마음의 위로를 얻기를 간절히 바란다.

길고양이의 푸른 외로움

치료가

필요한

아이들이

나에게

올 수 있는

확률은

얼마나 될까.

나를 만난
아이들이
따뜻한
밥
한 공기처럼

잠시나마
따뜻한
마음의 위로를
얻을 수 있기를.

두 번의 죽음, 해피

평범한 일상의 어느 날, 평소 자주 병원을 찾던 캣맘(길거리 고양이에게 도움을 주는 일반인)께서 낯선 길고양이 한 마리를 데리고 왔다.

::

낯설다는 생각이 든 건 일반적으로 길에 사는 아이들은 털이 짧은 토종 한국 고양이가 대부분인데 이 아이는 누가 봐도 흔치 않은 품종묘였기 때문이다. 게다가 사람 손을 전혀 두려워하지 않고 만져도 별다른 반응이 없는 순한 아이인 걸로 봐서 집고양이가 분명해 보였다.

집에 살았던 고양이가 길에 있다는 건 보통 두 가지 경우로 나뉜다. 첫째는 발정이 나거나 보호자의 실수로 집 밖을 나와서 집

을 못 찾아간 경우, 그리고 생각하기 싫지만 두 번째는 몸이 아프거나 개인적인 이유로(가족을 버리는 데 납득할 만한 이유라는 건 없다) 버려진 경우이다. 슬픈 현실이지만 이렇게 착하고 순한 품종묘의 경우 두 번째일 확률이 높다.

::

일단 고양이의 몸 전체를 살펴보고 여러 검사를 해보았다. 역시 예상은 틀리지 않았다. 아이는 만성 신부전으로 이미 신장이 다 망가져 기능을 거의 하지 못하는 상태였다. 신장은 어떤 병원에서도 해 줄 수 있는 치료가 많지 않다. 남아 있는 시간을 최대한 덜 힘들고 덜 아픈 기억으로 남길 수 있도록 도와주는 방법밖엔…….

::

우리는 이 아이에게 해피라는 이름을 지어 주었다. 하지만 이름과 달리 해피는 점점 식욕이 줄어들고, 살이 빠지기 시작했다. 그리고 처음 온 날부터 그랬듯이 잠을 자듯 조용히 누워만 있다가 생을 마감했다. 어쩌면 해피는 보호자에게 버림받은 순간, 자신의 삶이 끝났다고 생각했을지도 모른다. 해피를 두 번의 죽음으로 내몬 건 누구일까. 가끔 눈을 뜨고 어딘가를 향하던 공허한 해피의 눈빛이 잊혀지지 않는다.

해피의 슬픈 눈

어쩌면 해피는

보호자에게

버림받은 순간,

자신의 삶이 끝났다고

생각했을지도 모른다.

해피를

두 번의 죽음으로

내몬 건

누구일까.

방울이에게 일어난 기적

애니멀 호더. 종종 언론이나 SNS를 통해 들어본 적이 있을 것이다. 사전적인 의미는 동물을 기르는 것이 아닌 수집하는 행위에 가까운 사람들, 즉 동물 수를 늘리는 데만 집착하여 동물 사육자로서의 의무와 책임을 다하지 못하는 행위를 말하며 당연히 이것 또한 동물 학대의 한 형태이다. 아무런 책임도 지지 않고 방관함으로써 무분별하게 개체수가 늘어나게 되고 자기들끼리 근친 교배가 되기도 한다. 그리고 그렇게 태어난 아이들은 그 피해를 유전적으로 고스란히 받는다. 무엇보다 가장 큰 문제는 이런 현실 앞에서도 본인이 애니멀 호더인 걸 인정하지 않는다는 것이다.

::

한 단체에서 구조되어 온 방울이는 애니멀 호더에게 학대받던

아이였다. 한눈에도 비정상적으로 왜소한 몸에 걸음걸이도 온전치 못했다. 정상적인 무릎의 관절운동은 한 방향으로 이뤄지지만 이 아이는 마치 택견의 발차기 동작처럼 다리가 굽혀질 때 회전을 하듯 걸었다. 엑스레이 사진은 더욱 놀라웠다. 어떻게 체중을 버티며 걸어 다녔을지 신기할 정도로 고관절은 양측 모두 다 빠져 있었고 무릎의 구조도 90도가 꺾여 있을 만큼 비정상적이었다.

::

수술이 매우 어려운 상황이었지만 아직 2살도 채 안 된 아이가 앞으로 겪을 고통을 생각하니 그대로 둘 수도 없었다. 결국 다른 병원 원장과 며칠간 많은 고민과 논의를 하고 협업해 수술하기로 결정했다. 그러나 수술 준비를 마치고 마취를 하는 찰나 바로 심정지가 오고 말았다. 다행히 심폐소생술로 위급한 상황은 넘겼지만 마취가 불가하다는 판단을 내렸고 수술을 포기할 수밖에 없었다. 방울이에게 조금이나마 나은 삶을 선물하고 싶었던 우리의 바람도 그렇게 끝나 버리는 듯했다. 그러나 몇 달 뒤, 놀랍게도 다시 만난 방울이는 완전히 다른 모습이었다. 입양되어 사랑받으며 지낸 방울이는 몸무게가 두 배 정도 늘 만큼 튼튼해져 있었고, 탄탄한 근육이 생겨 그전에 비해 걸음걸이도 매우 건강해 보였다. 의술을 뛰어넘는 사랑의 힘이 이뤄낸 기적이었다.

방울이 달리다

가장 큰 문제는

이런 현실 앞에서도

본인이

애니멀호더인 걸

인정하지

않는 것이다.

애니멀호더의

행위는

엄연한

동물 학대이다.

은혜
갚은(?)
비둘기

어느 날, 병원으로 다급히 한 통의 전화가 걸려왔다. 평소 우리 병원을 다니는 아이의 보호자 분이었는데 마당에 비둘기 한 마리가 떨어져 날지 못한다며 혹시 비둘기 진료도 보시냐고 물었다. 사실 조류에 대해선 특별한 지식이 없어서 피하고 싶었지만 저 상태로 치료도 받지 못하고 있을 거란 생각에 일단 병원으로 데려와 보시라고 했다. 나중에 안 사실이지만 실제로 여러 병원에 전화했지만 비둘기 치료는 모두 거부당했다고 한다. 나 역시 자신은 없었지만 그나마 과거 공중 방역 수의사 때, 조류독감 검사를 하면서 닭, 오리, 병아리 등을 채혈했던 경험이 있어서 일단 상태라도 보게 데려오라 했던 것이다.

비둘기는 다행히 의식엔 전혀 이상이 없었고 날갯짓을 하는데 한쪽 날개 내측에 상처가 뚜렷이 보였다. 아마도 다른 동물에

게 공격당해 생겼다기보다는 날다가 부딪혀 생겼을 가능성이 높았다. 엑스레이상에는 골절 여부가 없어서 주사와 연고 처방만 해주었다. 구조자님 집에서 며칠 돌보다가 스스로 날게 되면 다시 보내 주면 될 것 같다고 했는데, 다행히 일주일 정도 뒤에 열린 창문으로 멋지게 날아갔다는 연락을 받았다.

::

기분 좋은 소식에 나름 뿌듯한 마음으로 비둘기의 앞날을 응원했다. 그런데 며칠 뒤, 구조자님에게 온 사진과 메시지를 보고 깜짝 놀랐다. 그 비둘기가 다시 돌아왔다는 게 아닌가! 놀랍게도 다시 오기만 한 게 아니라 마당에 놓아둔 길냥이들 밥까지 다 먹고, 한참 놀다 가더니 또다시 나타나곤 한다는 것이다. 마치 자기 고향 집에라도 온 듯 편하게 찾아와 밥까지 먹고 놀다 가는 모습이 신기하고 재밌었다.

문득 어느 날, 비둘기가 은혜를 갚기 위해 복을 품은 박씨를 물고 오는 건 아닐까 하는 생각에 나도 모르게 웃음이 났다. 혹시 모르는 일이다. 정말로 비둘기가 은혜를 갚는 날이 올지.

다행히

일주일 정도

뒤에

열린 창문으로

멋지게

날아갔다는

연락을 받았다.

다시 돌아온 비둘기

고양이와 고라니

옛이야기처럼 동물도 은혜를 갚는다는 말을 종종 듣는다. 몇 해 전, 우리 병원에서도 비슷하면서 황당한 일이 있었다. 어느 날, 다급한 목소리로 야생동물도 진료를 하냐는 문의가 왔다. 사정을 들어보니 응급 상황인 것 같았고, 갈 곳이 없다고 하기에 일단 와 보시라고 했다. 10분쯤 지났을까. 어떤 분이 수건으로 꽁꽁 싼 무언가를 안고 황급히 병원을 찾아왔다. 놀랍게도 수건에 싸인 것은 생후 일주일도 채 안 되어 보이는 고라니였다.

::

아기 고라니는 호흡도 힘들어 보이고 탈수도 심해 의식이 없는 매우 위급한 상태였다. 게다가 자세히 살펴보니 여기저기 크고 작은 가벼운 상처들이 있었다. 고라니를 데려오신 분의 얘기를 들어

보니, 평소에 종종 길고양이 밥을 주는데 못 보던 상처투성이 고양이가 있어서 상처에 연고도 발라 주고 맛있는 것도 더 챙겨 주었다는 것이다. 다행히 고양이는 점점 기력을 찾아 건강해졌고, 어느 날인가부터 구조자님 집 앞에 버려진 장갑이나 양말 같은 걸 하나둘씩 주어다 놓았다고 한다. 심지어 나중에는 과일 껍질 같은 것들도 물어다 놓고 갔다는 것이다. 그런데 오늘은 낑낑거리면서 힘겹게 무언가를 물고 오길래 자세히 보니 자기 몸보다 큰 야생 고라니였다니 얼마나 놀랐을까.

::

자기 몸보다 큰 아이를 어떻게 끌고 왔는지, 무엇 때문인지는 모르겠지만 고라니의 상태가 심각해 보여 다른 생각을 못하고 급히 동물병원에 전화를 해 봤지만 고라니를 받아 주는 곳이 없었다고 했다. 결국 주변에 도움을 요청했고 아는 분 소개로 우리 병원에 전화를 한 것이다. 나 역시 고라니를 잘 알지는 못하지만 기본적인 응급 처치는 할 수 있을 것 같아 일단 데려와 보시라고 한 것인데 고라니의 상태가 생각보다 심각해 보였다. 우선 급하게 수액처치를 하고 응급 주사를 놓았지만 안타깝게도 아기 고라니는 병원에 온 지 4시간여 만에 숨을 거두고 말았다.

숨을 거둔 고라니의 몸을 따뜻한 수건으로 닦는데 몸에 나 있는

고양이와 고라니

어쩌면
고양이는

도움이
필요한
아기 고라니를
살려 달라고
데려온 것은
아닐까.

상처들이 물리거나 긁혀서 생긴 게 아닌 어딘가에서 떨어지며 난 상처들 같았다. 처음엔 고양이가 자기를 치료해 준 구조자님을 위해 고라니를 사냥해 온 게 아닐까 하는 생각을 했지만 아무리 새끼라 하더라도 자기 몸보다 큰 짐승을 사냥해서 거기까지 물고 왔을까 싶었다. 무엇보다 아기 고라니의 몸에 치명상이 될 만한 이빨 자국이나 발톱 자국은 전혀 보이지 않았다. 어쩌면 고양이는 과거 자신이 아팠을 때, 치료받아 건강해진 것처럼 도움이 필요한 아기 고라니를 살려 달라고 데려온 것은 아니었을까. 고양이의 마음을 알 수는 없지만 괜시리 마음이 촉촉해지는 잊지 못할 기억이다.

노숙자에게서
구조된
강아지

인터넷에 올라온 한 영상 속 어느 지하철역 노숙자 옆에 한 강아지가 묶여 있었다. 조그만 몸에 뒤엉킨 털, 늘어진 털에 가려진 한쪽 눈은 반쯤 튀어나와 있었는데, 초점이 없고 흐리멍덩해 보이는 걸로 보아 이미 괴사가 진행된 것 같았다. 강아지 앞에 놓인 종이컵에는 투명한 액체가 담겨 있었는데 그것은 놀랍게도 물이 아닌 소주였다. 그리고 소주 옆에는 사람들이 먹다 남긴 족발 조각들이 너부러져 있었다. 강아지는 모든 것을 체념한 듯 아무 힘이 없어 보였고, 고래고래 소리를 지르는 노숙자의 목소리에 온몸을 움찔하며 겁에 질려 덜덜 떨고 있었다.

::

안타까운 사연을 접한 사람들이 아이를 구조하기 위해 노력했

고, 노숙자로부터 어렵게 아이를 포기받아 데려올 수 있었다. 병원에 온 아이의 상태는 영상에서 보던 것보다 훨씬 더 심각했다. 눈은 적출을 면치 못할 정도로 심한 염증 상태였고, 폐렴과 고관절, 슬개골 탈구에 온몸은 피부염으로 성한 곳이 없었다. 뭉친 털과 누더기 같은 외모는 아이의 실제 모습이 어떨지 떠올리기 어려웠고, 누구든 외면할 정도로 아이 몸에서는 고약한 냄새가 진동했다. 대체 이 아이가 그동안 어떤 삶을 살아온 건지 가늠조차 되지 않았다.

::

그러나 아이는 여러 사람들의 도움으로 치료를 받으며, 조금씩 놀라운 변화를 보이기 시작했다. 한쪽 눈은 적출할 수밖에 없었지만 목욕을 하고 털을 다듬으니 그전에는 볼 수 없었던 귀여운 반전 외모가 숨겨져 있었다. 게다가 유난히 겁이 많고 조심성이 많아 보였던 아이가 사람에 대한 두려움보다는 의존도가 높고 애교가 넘쳤다. 특히, 공놀이를 유난히 좋아했다. 병원에 입원해서 치료를 받는 동안, 공을 물고 간호사 선생님들에게 가서 꼬리를 흔드는 모습은 여느 가정의 반려견과 다를 게 없었다. 하지만 아이는 노숙자에게 학대를 당해서인지 아니면 다른 이유가 있는지는 정확히 알 수 없지만 남자에게는 가까이 오지도 경계를 풀지도 않

핑크빛 견생을 응원해

녀석은

한쪽 눈이 없고,

다리도 아프지만

사랑스러운

반려견으로

살아가기에

충분할 만큼

너무나도

예쁜 아이다.

았다. 아무리 예뻐해 주고, 사랑을 줘도 남자인 나에게는 전혀 애정을 주지 않았다. 아쉽게도 병원을 퇴원하는 날까지도 녀석은 나에게 거리를 뒀다. 서운한 마음보다는 녀석이 겪었을 트라우마가 가슴 아팠다.

::

녀석은 한쪽 눈이 없고, 다리도 아프지만 사랑스러운 반려견으로 살아가기에 충분할 만큼 너무나도 예쁜 아이다. 부디 아이가 좋은 가족을 만나 과거의 트라우마를 잊고 행복한 삶을 누리길 간절히 바란다. 보통의 강아지들이 그렇듯 녀석이 넓은 잔디를 신나게 달리고 구르며 가장 좋아하는 공놀이를 마음껏 하는 모습을 상상해 본다. 생각만 해도 절로 웃음이 나는 행복한 모습을 현실에서도 볼 수 있길 바란다.

꿈꾸는 아이, 콩순

콩순이는 내 기억 속 특별한 아이다. 어느 한적한 시골 마을, 인적도 없는 산속 공장에 어느 날 낯선 강아지 한 마리가 나타났다고 한다. 딱 봐도 굶주린 듯 마른 몸으로 공장 주변을 기웃거리던 아이는 사람들이 주는 음식을 먹으며 조금씩 가까워졌다. 다행히 사람을 좋아하고 순한 성격이라 혹시 동네 어딘가에 가족이 있을 거라 생각하고 수소문했지만 안타깝게도 작고 어린 이 아이의 가족은 찾을 수 없었다고 했다. 결국 아이는 자신을 돌봐준 구조자분에 의해 우리 병원까지 오게 되었다.

::

콩순이는 간단한 치료를 받고 잠시 우리 병원에서 지내게 되었는데, 병원 생활에 잘 적응하면서도 낯선 사람에 대해서는 생각보

다 조심스럽고 경계심이 심했다. 작은 일에도 자주 깜짝 놀라며 움찔거리던 콩순이에게는 특이한 점이 하나 있었다. 잠잘 때마다 푹신한 이부자리를 직접 만들어서 거기에 몸을 똬리처럼 틀고 자는데, 신기하게도 잠을 잘 때면 평소 경계하는 표정과 움찔거리며 겁먹은 표정이 사라지고 입꼬리가 올라가 웃는 얼굴이 되는 것이다. 마치 좋은 꿈을 꾸는 것처럼 편하게 잠든 모습을 보면 무슨 꿈을 꾸는지 궁금해지곤 했다.

::

콩순이는 꿈속에서 헤어진 가족을 만난 걸까? 아니면 친구들과 즐겁게 뛰어놀던 때를 생각하는 걸까? 나는 콩순이가 과거의 기억이 아닌 앞으로의 행복한 나날을 그리는 꿈을 꾸길 바란다. 다시는 콩순이의 손을 놓지 않을 가족, 끝까지 콩순이와 함께할 가족을 만나기를 바라며 그런 콩순이의 꿈이 꼭 이루어질 거라 믿는다.

콩순이의 행복한 꿈

꿈속에서

헤어진 가족을

만난 걸까?

아니면

친구들과 즐겁게

뛰어놀던 때를

생각하는 걸까?

콩순이가

앞으로의

행복한 나날을

그리는

꿈을 꾸길 바란다.

봄이의
봄이
열리다

턱뼈 골절, 슬개골 탈구, 고관절 탈구……. 처음 만난 봄이라는 아이의 검사 결과이다. 봄이는 우리 병원에 오기 전까지 성격 장애가 있어서 사람을 공포의 대상으로만 인지해 손으로 만질 수조차 없었고, 보호소에 있을 때도 다른 강아지들과 어울리지 못해 혼자 구석에만 있던 아이였다. 반려견 행동 교정 전문가를 만나 치료까지 해 보았지만 안타깝게도 어느 정도 이상은 변하질 못했다고 한다.

::

의사로서 내 소견은 이런 성격 장애 및 만성 관절 장애, 그리고 나이가 많은 아이에게 관절 수술이 효율적인 측면에서 좋은 예후를 가져다주기는 어렵다는 생각이었다. 오히려 치료적 어려움으

로 인한 장기적인 스트레스를 줄 가능성이 더 높다고 판단했다. 게다가 턱관절은 이미 골절된 지 오래되어 육아종(육아 조직을 형성하는 염증성 종양)이 형성되었고, 새로 유합될 가능성이 매우 적어 보였기 때문에 수술은 큰 의미가 없었다. 결국 수술을 포기하고 아이가 조금 더 안정된 삶을 살 수 있도록 성격 장애를 위해 더 노력하기로 했다. 봄이가 좋아하는 간식으로 회유해 보고, 넓은 곳에 풀어 보기도 하고, 안거나 쓰다듬어 보기도 했지만 1년여의 노력에도 봄이의 성격은 크게 변하지 않았고 스스로 갇혀 지내는 생활을 벗어나지 못했다.

::

그랬던 봄이가 점차 변화하게 된 건 우리 병원 강아지 폴라와 자주 보면서부터였다. 거의 움직이지 않고 사람을 요리조리 피하던 봄이 옆에 언젠가부터 항상 폴라가 있었다. 봄이는 폴라가 나가면 따라 나가고, 폴라가 짖으면 따라 짖고, 폴라가 자면 그 주위를 서성이다 옆에서 잠이 들곤 했다.

::

처음엔 우연의 일치라고 생각했지만 점점 확신이 들기 시작했고 나중에는 봄이가 폴라를 전적으로 의지하는 게 느껴졌다. 게다

나의 소중한 친구

사람도

동물에게

치유받는다.

그렇게

우리는 서로

치유하고

치유받으며

사는

존재가 아닐까.

가 사람을 좋아하는 폴라의 영향이었을까. 사람의 손길에 공격성과 두려움을 보였던 봄이가 조금씩 감정을 억누르며 노력하는 모습이 보였다. 손만 가까이 가도 힘없는 턱으로 힘껏 무는 시늉을 하던 봄이였지만 조금씩 만지는 걸 허용하고 조심스레 안아 주는 것까지도 받아들이게 된 것이다. 이제는 목욕도 하고 쿠싱이라는 호르몬 질병 때문에 매일매일 먹는 약도 수월하게 잘 먹일 수 있게 되었다.

::

폴라를 통해 변화해 가는 봄이를 보면서 사람이 할 수 없는 것을 동물은 할 수 있다는 생각이 들었다. 사람도 동물을 통해 치유받는 것처럼 그렇게 우리는 서로 치유하고 치유받으며 사는 존재라는 생각이 든다.

세상을 잃은 아이들

"원장님, 나이든 두 아이 구조해서 내일 내원하겠습니다."

구조자 분의 전화 연락을 받고 많이 궁금했다. 과연 어떤 사연이길래 14년이나 같이 지낸 아이들을 사지로 내몰았을까. 그런데 막상 듣게 된 아이들의 사연은 더욱 안타까웠다. 홀로 살던 보호자가 삶의 무게를 이기지 못하고 스스로 생명을 끊었다는 것이다.

::

아무것도 모르는 얼굴로 멀뚱멀뚱 서로를 의지하는 두 아이를 보고 있으니 마음이 아팠다. 그중 한 아이는 이미 치매도 와 있고 눈도 안 보이는 등의 감각 소실이 있었다. 가족에게 버림받는 아이들이 안타까워 사람들을 원망했지만, 이번에는 알지도 못하는 보호자의 그 가슴 아린 슬픔이 이 아이들의 모습과 함께 오버랩되

세상을

떠난

보호자가

세상의 전부였을

두 아이.

어쩌면

이 아이들은

가족이 아닌

세상을

잃은 건지도

모른다.

남겨진 아이들

면서 더욱 안타깝게 느껴졌다. 삶을 살면서 느끼는 수많은 좌절과 고통, 무력감과 공허함……. 그 고통의 무게를 알기에 삶을 포기해 버린 보호자를 마냥 탓할 수도 없었다.

대부분의 사람들은 내가 하는 일이 귀엽고 사랑스러운 아이들의 질병을 치료하고 생명을 살리는 숭고한 일이라고 생각한다. 맞는 말이기도 하고, 그에 따른 보람도 많다. 하지만 예상치 못한 아픔과 직면하고, 고통스러운 상황에 부딪히고, 수많은 죽음 앞에서 절망하기도 한다. 그 무게감은 시간이 지나거나 여러 번 겪는다고 해서 결코 적응이 되거나 익숙해지지 않는 고통이다.

::

세상을 떠난 보호자가 세상의 전부였을 두 아이, 어쩌면 이 아이들은 가족이 아닌 세상을 잃은 건지도 모른다. 부디 이 아이들이 다시 새로운 삶을 꿈꿀 수 있기를 간절히 바란다. 서로를 의지해 웅크리고 있던 두 아이의 따뜻한 온기가 지금도 잊히지 않는다.

로운이에게 희망을

보호소는 환경이 열악하고 특히 겨울엔 각종 호흡기 질환에 노출되기 때문에 대부분의 아이들이 호흡기 질환을 겪는다. 보호소에서 힘겨운 숨을 내쉬던 로운이는 한 구조자 분에 의해 우리 병원으로 오게 되었다. 그러나 아이는 나이가 많았고, 검진 결과는 참담했다. 강아지 3대 질병 중 하나인 홍역에 걸려 있었고, 심한 폐렴과 합병증인지 아니면 노령성인지, 혹은 다른 원인에 의한 것인지 모를 폐동맥압도 상승되어 무거운 숨을 힘겹게 내쉬고 있었다.

::

'로운아, 하루를 살아도 덜 고통스럽게 살자.'

그것이 내가 로운이를 위해 해 줄 수 있는 최선이었다. 복수로 배가 부풀고 흉수로 숨을 못 쉬는 상황이었지만 로운이는 희망의

끈을 놓지 않았다. 그렇게 하루하루 이겨 내려는 로운이의 모습을 보며 나도 다시 힘을 낼 수 있었다. 모두 포기한다고 해도, 그 누구도 관심을 갖지 않는다고 해도 희망의 끈을 놓지 않는다면 단 하루라도 행복할 수 있지 않을까.

::

그렇게 로운이는 기적처럼 두어 달을 버텨 주었다. 힘든 숨을 가까스로 내쉬며 조금씩이지만 맛있는 밥을 먹을 수 있었고 가끔은 편히 잠을 자기도 했다. 그러나 그 시간은 길지 않았다. 로운이는 점점 합병증이 심해지고 식욕이 줄어들면서 더 버티지 못하고 강아지 별로 떠나고 말았다. 비록 긴 시간은 아니었지만 로운이가 보호소를 벗어나 조금이나마 편한 시간을 보내고 갔을 거라 스스로 위안해 본다.

로운아,

하루를

살아도

덜 고통스럽게

살자.

행복한 여행을 하는 로운이

알렉스의
느리게
살기

우리 병원의 인상파 고양이 알렉스. 10시 10분 찢어진 눈매는 언제나 불만 가득하고 사나운 인상으로 오해하게 만들지만 그건 정말 오해였다는 것을 금방 알게 된다. 알렉스의 어수룩한 행동을 보고 있노라면 누구라도 금세 웃음 짓게 되기 때문이다.

::

인상과는 달리 너무나도 친절하고 다정한 알렉스. 고양이가 와도 강아지가 와도 사람이 만져도 언제나 오케이! 늘 변함없는 표정으로 병원에 오는 모두를 환영해 준다. 알렉스의 얼굴에 닿는 폭신한 것은 바로 베개가 된다. 배가 고프면 밥을 먹고, 목이 마르면 물을 마시고, 잠이 오면 어디서나 잠을 자는 고양이. 요즘 흔히 말하는 태어난 김에 사는 고양이랄까. 일명 '대충 살자'가 바로 알

알렉스의 시간

가끔은

아무 생각 없이

하루 종일

누워서

하품하는 시간이

필요하지 않을까.

매일매일

바쁘고 치열한

우리 삶 속에서

알렉스의

느리게 살기는

많은 생각을

하게 한다.

렉스의 좌우명이 아닐까 싶다.

나름 열정 가득했던 젊은 시절(?)을 지나고 보니, 지금은 알렉스의 삶이 너무 부럽다. 알렉스의 하루는 얼핏 보면 지루해 보이지만 가만히 바라보면 고요하고 평화롭다. 그런 알렉스가 유일하게 바삐 움직이는 순간이 있다. 바로 박스나 가방을 발견했을 때다. 손님들이 가져온 강아지나 고양이 이동장만 보면 일단 몸부터 넣고 보는 알렉스. 그게 누구든 어떤 가방이든 상관없다. 혹시라도 병원을 찾은 예민한 친구들의 심기를 건드려 다치지 않을까 걱정이 되기도 하지만 천하태평 알렉스에게는 다행히 지금껏 아무 일도 일어나지 않았다.

::

예전에 한번 알렉스가 병원을 뛰쳐나간 적이 있었다. 며칠간 전단지도 붙이고 매일 찾아다녔지만 결국 찾지 못했다. 그런데 놀랍게도 알렉스는 일주일 만에 병원 외부 화장실 구석에서 벌벌 떠는 모습으로 발견되었다. 바깥 생활이 얼마나 치열하고 힘들었는지 그 일이 있은 후, 다시는 밖에 나갈 생각을 하지 않았다. 아마도 알렉스는 지금 생활에 충분히 만족하고 있는 듯하다.

::

매일매일 바쁘고 치열한 우리 삶 속에서 알렉스의 느리게 살기

는 가끔 많은 생각을 하게 한다. 마음의 여유도 없이 일상 속에 갇혀 있는 나를 돌아보게 하기 때문이다. 가끔은 나에게도 알렉스처럼 아무 생각 없이 하루 종일 누워서 하품하는 시간이 필요하지 않을까. 내가 서 있는 이곳이 비록 매일매일 질병과 싸우고 삶과 죽음이 교차하는 전쟁터 같은 곳일지라도.

된찌와
밀크

어느 날, 병원으로 한 통의 전화가 걸려 왔다. 아이를 입양했으나 집에 원래 있던 아이와 친하게 지내지 못해 도저히 키울 수 없으니 병원에서 좋은 보호자를 구해 달라는 간곡한 부탁이었다. 그리고 비슷한 시기에 또 다른 입양자가 연락을 해서는 입양한 지 일주일도 채 안 되었는데 귓병이 자꾸 나서 못 키울 거 같다며 다른 좋은 분께 입양을 해 줄 수 있는지 물었다.

::

반려동물을 가족으로 맞이할 때는 좀 더 신중하고 책임감 있는 마음이 필요하지 않을까 하는 씁쓸함을 뒤로하고, 우여곡절 끝에 두 아이를 맡아 주기로 했다. 혹시 몰라 얘기하지만 우리 병원은 아이들을 진료하고 치료하는 곳일 뿐, 파양한 아이들을 맡아 입양

끝까지 함께해 주세요

세상의

모든 동물들이

좋은 가족을

만나

행복한 삶을

살 수 있었으면

좋겠다.

을 보내 주는 곳은 아니다.

아이들을 맡게 된 이유는 씁쓸했지만 두 아이와 함께 보내는 시간은 행복했다. 두 아이의 이름은 된찌와 밀크였다. 2개월이 채 안 되는 아기들을 매일 볼 수 있으니 출근하는 재미와 감동이 있었다. 2달 남짓 아이들과 함께하는 시간은 고생이라기보다는 행복한 시간이었다. 다행히 된찌와 밀크는 좋은 가족을 만나 병원을 떠나게 되었고, 이후로도 계속 소식을 주고받으며 아이들이 커가는 모습을 볼 수 있었다.

::

된찌와 밀크는 운이 좋아 2달 만에 다시 새 가족을 찾았지만 평생 잘 키워줄 수 있는 좋은 가정을 찾는다는 것은 결코 쉬운 일이 아니다. 가족을 기다리는 세상의 모든 동물들이 좋은 보호자를 만나 행복한 삶을 살 수 있었으면 좋겠다. 그 과정에 내가 할 수 있는 일이 있다면 그 무엇이든 기꺼이 동참할 생각이다.

책임감 있는 구조자와 길고양이

눈이 소복소복 쌓이던 어느 날 아침, 한 손님이 하얗고 작은 새끼 고양이를 품에 안고 급히 병원으로 들어왔다. 아이는 한눈에 봐도 길에서 구조한 듯 보였다. 얼굴이며 털이 지저분하게 엉켜 있고, 영양이 결핍되어 갈비뼈가 앙상했다. 작은 새끼 고양이는 오랜 시간 밖에 있었는지 품에 안겨서도 덜덜 떨었다.

::

아이를 데려온 분께 자초지종을 들어보니 출근하려고 주차되어 있는 차를 타려는데 차 주변에 초등학생 아이들이 웅성거리며 서 있었다는 것이다. 무슨 일인가 싶어 가까이 다가가 보니 차 안에 고양이가 들어가 있는 상황이었다. 보닛을 열어 핸드폰 플래시로 비추니 작은 새끼 고양이가 힘없이 울고 있어 출근도 미루고

부랴부랴 병원으로 데려왔다는 것이다.

::

이런 경우 나는 다양한 상황에 대비해 일단 마음의 준비와 기본적인 기준을 정할 수밖에 없다. 만약 데려오는 길고양이를 무조건 다 받아준다면 아마 우리 병원은 금세 길냥이 보호소가 될 거고, 그보다 더 큰 문제는 일부 사람들이 책임 의식 없이 동물들을 유실물 센터에 물건 맡기듯 데려오거나 버릴 수도 있기 때문이다.

::

내가 정한 첫번째 기준은 구조자의 책임 의식이다. 종종 길에 있는 아이를 무작정 데려와서 동물병원이니 치료해 주고 다시 알아서 방생하라는 분들이 있다. 심지어 길고양이인지, 보호자가 있는 아이인지 기본적인 확인조차 하지 않는 경우도 있다. 집에서 자란 아이는 다시 길거리로 나간다 해도 먹이사슬의 경쟁에서 도태될 수밖에 없다. 때문에 데려온 아이를 구조자가 끝까지 책임지겠단 의지가 없으면 무조건 받아주지 않는다.

두 번째 기준은 지금 이 아이에게 치료가 필요한가 하는 것이다. 이곳은 병원이기 때문에 아프지 않은 아이를 데리고 있을 수 없다. 구조자가 아이의 입양자나 임시 보호처를 구할 수 있어야

따뜻한 온기를 찾아서

가장

중요한 기준은

구조자의

책임 의식이다.

구조자가

끝까지

책임지겠단

의지가 없으면

무조건

받아주지 않는다.

한다. 치료가 필요한 경우가 아니라면 무작정 아무 동물이나 맡아 줄 수 없기 때문이다.

::

마지막 세 번째는 기본적인 매너이다. 사실 상황에 따라 치료 비용이나 임시 보호는 내가 감당할 수도 있다. 그러나 구조자가 기본 매너가 없는 경우 그 끝이 좋지 않았기 때문에 나도 무조건 도와줄 수는 없다. 의외로 많은 사람들이 이런 기본적인 부분을 무시하거나 알지 못하고 동물병원은 돈만 주면 무조건 치료해 줘야 한다거나, 길에 있는 불쌍한 아이를 구조했으니 무료로 치료해 줘야 한다고 생각하는 경우가 있다. 동물에 대한 복지 개념이 높아질수록 구조자나 보호자, 병원 간의 매너도 점점 좋아졌으면 하는 바람이다.

소방서에서 발견된 고양이, 일구

어느 소방서 건물 한쪽에 언제부터인지 고양이 울음소리가 들렸다고 한다. 다가가 살펴보니 태어난 지 두어 달 정도밖에 안 되어 보이는 아기 고양이 한 마리가 웅크리고 있었다. 아이는 며칠을 굶었는지 경계심도 잊은 채 사람들에게 다가와 배고픔을 호소했다.

::

다행히 소방관님들이 소방서 한쪽에 임시 거처를 만들어 주고 주기적으로 밥을 주었다고 한다. 따뜻한 소방관님들 덕분에 아이는 잠시나마 편히 지낼 수 있었다. 하지만 아기 고양이 눈에는 선천적인지 모를 상처가 있었고, 피부 여러 곳에서도 몇 군데 상처가 확인되었다. 아이를 눈여겨봤던 한 구조자 분의 부탁으로 고양

이는 우리 병원에서 치료받으며 잠시 머물게 되었다. 고양이의 이름은 일구였다.

일구의 피부에 난 상처는 다행히 단순 찰과상으로 추가적인 치료는 필요 없는 상황이었다. 하지만 눈은 심각했다. 염증으로 인해 지속적인 진물이 흘러나왔고, 이미 각막이 심하게 손상되어 눈꺼풀과 유합되어 버린 상태였다. 결국 한쪽 눈을 적출할 수밖에 없었다. 그나마 다행인 건 고양이들은 공간 감각이 뛰어나서 눈이 하나 없어도 사는 데 큰 불편함을 느끼지 않는다는 것이다.

::

다만, 일구가 한쪽 눈이 없다는 이유로 가족을 만나지 못하는 건 아닐까 하는 걱정이 되었다. 하지만 그것은 괜한 걱정이었다. 치료가 끝나고 입양 공고를 냈는데 생각보다 많은 분들이 문의를 준 것이다. 게다가 문의를 준 대부분의 분들은 일구가 한쪽 눈이 없어서 더 특별하고, 밝고 명랑한 성격이 너무나 사랑스럽다고 했다. 일구가 입양 가고 몇 년이 지났지만 지금도 종종 행복하게 지내는 일구 소식을 듣는다. 최근에 일구 동생도 입양했다고 한다. 행복은 또다른 행복을 낳는다는 말이 맞는 것 같다.

일구가 멋진 소방관이 된다면

한쪽 눈이

없다는 이유로

가족을

만나지 못하는 건

아닐까 하는

걱정이 들었다.

하지만

그것은

괜한

걱정이었다.

엄마
갈치와
아기
꽁치

어느 한적한 시골길에서 차마 외면할 수 없는 모습을 마주하게 되었다. 웬일인지 길 한쪽에 두 강아지가 몸이 불편한 듯 누워 움직이지 못하고 있는 것이다. 가까이 다가가 보니 사람을 보며 연신 꼬리를 흔드는 아이는 이제 5개월 남짓한 강아지였고, 두려워 보이지만 선한 눈을 가진 아이는 어미로 추정되는 성견이었다. 어미는 한눈에 봐도 갈비뼈가 드러나 있을 정도로 영양 상태가 안 좋아 보였다. 게다가 힘겹게 일어난 뒷다리가 많이 훼손되어 있었고 다리가 부러진 듯 보여 더욱 안타까웠다.

::

아이들을 그대로 둘 수는 없었다. 아무것도 모르고 꼬리를 흔드는 아기와 불편한 몸으로 아기 곁을 지키는 어미를 누구라도 외면

엄마의 사랑

인간은
완전하지 못한
존재이며,

자연과
동물을 통해
우리가
배울 수 있는
것들은
너무 많다.

할 수는 없었을 것이다. 우리는 어미의 이름을 갈치, 아기의 이름을 꽁치라고 지어 주었다.

병원에 와서 진행한 검진 결과 엄마 갈치는 역시나 대퇴골 골절이었다. 다행히 아주 심각한 상태는 아니었지만 통증이 굉장히 심했을 텐데 어린 꽁치까지 돌볼 힘이 어디서 나온 것인지 의아할 정도였다. 엄마이기 때문에 가능한 것이었을까. 문득 가슴이 뜨거워졌다. 본인은 뼈가 앙상할 정도로 말라 있으면서 새끼는 토실토실 매우 건강한 모습으로 키워 낸 갈치를 보면서 과연 이 아이가 그동안 어떤 삶을 살아왔을지 상상조차 되지 않았다.

::

구조된 많은 동물들을 치료하면서 동물에게 받은 감동적인 이야기들이 너무나 많다. 우리는 아직도 동물을 인간보다 미미한 존재라 생각하지만 우리 역시 완전하지 못한 존재이며, 자연과 동물을 통해 우리가 배울 수 있는 것들이 많다는 것을 꼭 기억했으면 좋겠다. 아무도 없는 시골길에서 엄마 갈치가 아픈 다리로 아기 꽁치를 지켜 주던 모습이 지금도 오래도록 마음에 남아 있다.

강아지 공장에서 구조된 아이

어느 동물 단체로부터 구조된 아이였다. 강아지들을 대하다 보면 얼굴과 눈빛만으로도 아이가 사람을 대하는 태도를 어느 정도 알 수 있게 된다. 이 아이도 그랬다.

::

처음 본 날부터 눈빛에서 오는 간절함, 사람을 그리워하는 몸짓……. 하지만 아이는 마음과 달리 선뜻 다가오지 못하는 듯 보였다. 아마도 어딘가 몸이 불편한 것 같았다. 그런데 그 순간 아이가 앉은 모습 그대로 걸어오는 게 아닌가. 자세히 보니 뒷다리가 90도 가까이 휘어져 있고, 관절은 굽혀지고 펴지지만 거의 굽어진 상태로 고정된 듯 보였다.

부어 있는 유선, 호르몬제를 많이 맞은 듯한 피부를 보니 분명

나는 인형이 아니에요

분명
좁은 곳에서
새끼만
계속 출산하던
아이 같았다.

아마도
불법 가정
번식장이나
강아지 공장에서
구조된
아이가
분명했다.

좁은 곳에서 새끼만 계속 출산하던 아이 같았다. 아마도 불법 가정 번식장이나 강아지 공장에서 구조된 아이가 분명했다. 앞다리로만 생활한 게 얼마인지 가늠이 안 될 정도로 비정상적인 앞다리 근육들, 그리고 그에 반비례하게 퇴행되어 있는 뒷다리 근육과 관절들……. 관절은 아예 일어나서 체중을 지탱하지 못할 정도로 꺾여 있었다.

::

나이도 많고 전반적인 몸 상태가 좋지 못한 아이를 수술까지 하는 게 과연 맞는 건가 고민이 되었다. 하지만 자기를 구조해 준 임시 보호 엄마 곁을 떨어지지 않고 꼭 붙어 있는 아이의 모습을 보면서 어떻게든 아이가 남은 시간을 조금이나마 덜 아프게 보낼 수 있도록 해 주고 싶었다. 임보 엄마가 조금만 움직여도 비틀비틀 엉금엉금 기어가 엉덩이를 붙이는 모습은 혹시라도 임보 엄마와 떨어져 다시 지옥 같은 그곳에 갈까 봐 두려워하는 것 같아 마음이 아팠다.

::

다행히 수술은 잘 되었고, 아이는 기적처럼 회복되어 임보 엄마를 따라 매일매일 산책도 하고 마음껏 뛰어다닐 수도 있게 되었

자유로운 행복

다. 가장 행복한 소식은 임시 보호 엄마가 진짜 엄마가 되어 끝까지 함께하게 되었다는 것이었다. 지금도 종종 병원에 놀러 오거나 SNS를 통해 아이의 소식을 보곤 하는데 놀랍게도 털이 다 빠져 있고 볼품없던 모습은 온데간데없고 너무 사랑스러운 예쁜 강아지가 되어 있다. 역시 사랑의 힘은 위대하다.

덫에
걸린
고양이,
낭만이

추운 겨울, 산속에서 지내는 길고양이에게 밥을 챙겨 주던 분이 고양이 한 마리를 데리고 우리 병원을 찾아왔다. 밥을 챙겨 주던 아이가 보이지 않다가 며칠 만에 밥자리에 나타났는데 어딘지 모르게 불편해 보였다는 것이다. 밥도 제대로 먹지 못하고 주춤주춤하기에 자세히 살펴보니 발이 매우 불편해 보였고, 무언가 발에 걸린 듯 보였다고 했다.

::

진찰대에 아이를 올려 자세히 살펴보니 야생동물을 잡으려고 놓아둔 올무에 다리가 걸려 살이 다 파여 있었고, 시간이 오래 지체되어 그 주변까지 감염이 된 상태였다. 서둘러 피검사를 해 보니 생각보다 상태가 심각했다. 급히 다리의 올무부터 제거하고 감

염 부위를 세척하니 뼈가 노출될 정도로 상처가 심했다.

::

고통스러워하는 아이를 위해 어떤 치료가 가장 필요할지 여러 정형외과 선생님과 동료 수의사들에게 자문을 구해 봤지만 대부분 같은 의견이었다. 다리 손상이 크고 현재 아이의 야생성이 강해 매일 가까이에서 케어할 수 없는 상황이라면, 감염으로 인한 패혈증을 예방하기 위해서라도 절단하는 것이 좋겠다는 것이다. 그러나 나는 단 한 번의 기회도 없이 아이의 다리를 포기하는 게 너무 안타까웠다. 그래서 희박한 가능성이라도 일단은 다리 절단이 아닌 다른 방법을 시도해 보기로 마음먹었다.

::

2달여간의 시간 동안 매일 상처 부위를 드레싱하면서 치료에 매진했다. 무엇보다 산에서 살았던 아이의 야생성을 달래고 스트레스를 조절하는 것이 가장 힘들었다. 그러나 결과는 놀라웠다. 뼈가 하얗게 노출되었던 부분은 새살로 채워지기 시작했고, 염증으로 인해 녹아 버린 피부도 재생을 통해 기능을 회복할 수 있을 정도로 아물게 된 것이다.

나 스스로도 믿을 수 없는 결과였고 기적같은 일이었다. 무엇보

이제 아이는
길이 아닌
아늑한 집에서

더는 밥을 굶지도,
여러 위험한
환경에
노출되지도 않는
안전한 삶을
살게 된 것이다.

상처는 희망으로

다 기뻤던 일은 이 아이를 구조하고, 치료 과정을 지켜보던 분이 아이를 입양하기로 한 것이었다. 이제 아이는 길이 아닌 아늑한 집에서 더는 밥을 굶지도, 여러 위험한 환경에 노출되지도 않는 안전한 삶을 살게 된 것이다.

::

사람이나 동물이나 상처를 받기도 하고, 실망스러울 때도 많은 세상이지만 때론 생각지도 못한 감동스러운 순간을 맞기도 한다. 어쩌면 그게 우리네 삶인 것 같다. 그래서 우리는 절망 속에서도 다시 도전할 수 있는 용기를 얻을 수 있는 게 아닐까.

때론 지나친 관심보다 배려의 마음을

길에서 흔히 볼 수 있는 색색의 길고양이들을 보면 안타까운 마음이 들면서도, 인간 위주의 세상 속에서 자기들만의 생존 방식을 찾아 살아가는 모습이 대견스럽기도 하다. 인간과 동물이 어우러져 사는 모습은 자연스러운 이치가 아닌가 하면서도 동물들에게 길에서의 생활은 언제든 여러 위험에 노출되어 있다는 생각에 마음이 결코 편치 않다.

::

요즘 길고양이들과 관련된 끔찍한 사건들을 접할 때마다 우리 주변에서 일어날 수 있는 이런 일들에 많은 사람들이 관심을 가져주길 바라는 마음이 든다. 하지만 한편으로는 지나친 관심이 오히려 독이 될 수도 있다는 생각도 하게 된다. 병원에 있으면서 가장

I DESERVED TO BE RESPECPED
I DESERVED TO BE LOVED
I DESERVED RIGHT TO LIVE MY LIFE

자기만의 방

갑자기

새끼를 잃은

어미 고양이의

슬픔은

어떻게

보상받을 수

있을까.

많이 겪는 일 중 하나가 길에서 울고 있는 새끼 고양이를 주워 왔다는 사람들이다. 물론 책임감을 가지고 데려오는 사람들도 있지만, 기본적인 상황 파악도 없이 무턱대고 병원부터 찾아오는 경우가 더 많다. 어쩌면 조금 전까지지도 보살핌을 충분히 받아온 듯 보이는 아이를 강제로 병원에 데려오는 일도 허다하다. 갑자기 새끼를 잃은 어미 고양이의 슬픔은 어떻게 보상받을 수 있을까. 물론 치료가 필요한 경우도 있다. 하지만 그렇다 하더라도 길에 있는 아이를 데려올 때는 그 아이뿐만이 아닌, 그 아이와 연관된 모든 상황들에 대한 많은 생각과 책임을 가지고 결정하는 것이 필요하다고 생각한다.

::

때론 지나친 관심보다는 배려의 마음이 필요할 때가 있다. 꽃이든 곤충이든 동물이든 길에 있는 생명을 내가 살린다는 생각도 중요하지만 모두 함께 더불어 살아갈 수 있는 방법을 찾아보는 게 더 필요한 건 아닐지 생각해 볼 일이다.

유기된
고양이,
한강이

우리 병원에 다니는 아이의 보호자 분께 연락이 왔다. 평소 한강 변을 매일 산책하시는데 사흘째 벤치에 놓인 박스 안에 망부석처럼 앉아 있는 치즈 태비 고양이가 있다는 것이다. 첫날엔 보호자가 있겠지 하는 생각에 크게 걱정을 안 했지만 둘째 날에도 계속 같은 자리, 같은 모습으로 앉아 있는 걸 보니 두고 볼 수만은 없었다고 했다. 다행히 고양이 앞에 누군가가 두고 간 간식, 사료, 물 등이 놓여 있었지만 입을 댄 흔적은 보이지 않았다고 한다.

::

사람이 다가가도 무서워하지 않고 편하게 반응했다는 아이는 사람과 함께 살았던 것이 분명한데 어떤 이유로 이곳에 혼자 있었던 걸까. 다행히도 녀석은 좋은 분 눈에 띄어 우리 병원까지 오게

한강이의 기다림

됐고, 아픈 곳은 없는지 검사도 받게 됐으니 그나마 운이 좋은 케이스였다. 며칠인지는 정확히 알 수 없지만 아무것도 먹지 않았을 가능성이 커 일단 피검사부터 진행했다. 그리고 어쩌면 움직이지 않는 원인이 관절이나 골격계 문제는 아닌지 엑스레이 검사도 함께 진행하게 되었다.

::

다행히 검사 결과는 모두 정상이었다. 탈수 증상이 있어서 며칠 수액을 맞았고, 조금씩 밥도 먹기 시작했다. 얼마 후, 아이는 건강한 모습으로 구조자 분 곁으로 돌아갔다.

아이는 한강이라는 새 이름을 얻었고, 지금도 매년 검진을 위해 우리 병원에 온다. 우리 병원에서 구조한 노란 무늬 고양이와 둘도 없는 친구이기도 하다. 한강이를 볼 때마다 문득 궁금해지는 건, 이 예쁘고 사랑 넘치는 아이를 유기한 이유가 무엇일까 하는 것이다. 사실 어떤 이유도 유기를 합리화할 수는 없을 것이다. 그날, 그곳에서 한강이는 자신을 버린 가족을 하염없이 기다리고 있었을 것이다. 밥도 물도 한 모금도 먹지 않고, 간절한 마음으로.

이 예쁘고
사랑 넘치는
아이를
유기한 이유가
무엇일까.

어떤 이유도
유기를
합리화할 수는
없을
것이다.

못난이
삼 형제
이야기

산속에서 발견됐다는 강아지 삼 형제가 구조되어 우리 병원에 오게 되었다. 인적이 드문 풀숲에 서로 옹기종기 모여 있었다는 이 아이들은 발육이나 피부 상태가 한눈에 봐도 안 좋아 보일 만큼 심각했다. 1킬로그램도 채 안 되어 보이는 꼬물이 삼 형제는 낯선 환경이 두려운지 서로 몸을 붙이며 의지하는 모습이 한없이 귀엽고 안쓰러워 보였다.

::

한참 까불고 사랑스러울 2, 3개월 강아지들이 온몸의 털이 뽑히고 피부에는 비듬 같은 각질과 진드기들이 가득했다. 얼마나 가렵고 고통스러웠을까.

정밀 검사 결과 그나마 다행인 건, 아이들의 피부는 모낭충이란

외부 기생충에 장시간 노출되어 생긴 2차성 피부염으로 생각보다 치료가 용이한 상태였다. 기본적인 치료를 하면서 밥만 잘 먹고, 면역력만 키워 준다면 충분히 나아질 수 있기 때문이다.

::

밥에 진심인 삼 형제는 2달 남짓 병원에서 지내며 열심히 놀고, 먹고, 치료받으며 여느 다른 강아지들과 다름없는 귀여운 모습으로 변화되었다. 처음 봤을 때의 모습은 상상조차 되지 않는 완벽한 변신이었다. 다행히도 삼 형제는 모두 좋은 가정으로 입양되었다. 심지어 두 아이는 같은 곳에 입양되어 지금도 종종 소식을 전해 듣고 있다.

::

내가 하는 일의 좋은 점 중 하나는 치료하는 과정에서 아이들이 변화해 가는 모습을 가까이에서 볼 수 있다는 것이다. 특히, 건강하게 나아서 병원을 떠난 아이들이 그 이후에도 우리 병원에 오거나 SNS 등을 통해 꾸준히 소식을 전해 줄 때마다 변화된 모습에 다시 한번 놀라게 된다. 아마도 내가 가장 보람을 느끼는 순간은 이런 행복한 변화가 아닐까 싶다.

인적이
드문
풀숲에
서로
옹기종기
모여 있었다.

서로 몸을
붙이며
의지하는
모습이
귀엽고
안쓰러웠다.

행복한 집으로

너의 이름은 아이비

처참한 몰골의 아이였다. 그동안 최악의 환경에서 구조된 수많은 아이들을 보았지만 이렇게 심한 경우는 드물었다. 마치 걸레보다도 더 심하게 더러워진 털들은 심하게 엉켜 있었고, 눈, 코, 입은 잘 보이지도 않았다. 털 때문에 제대로 걷기도 힘든 지경이었다.

::

이 아이는 동물보호 단체에서 구조된 아이였다. 구조의 끝은 좋은 가정으로 입양되는 것인데 앞으로 이 아이에게도 그런 기회가 올 수 있을지 걱정부터 앞섰다. 그런데 가까이에서 보니 엉킨 털 사이로 보이는 아이의 눈이 유난히 반짝반짝 빛났다. 엉킨 털을 밀자 역시나 아이는 너무나 순하고 반짝이는 눈을 갖고 있었다. 비록 군데군데 피부병과 피부 손상이 보였지만 그런 것은 보이지도 않

을 만큼 너무나 귀여운 아이였다.

::

아이는 오랜 번식장 생활과 노숙 생활로 인해 여러 가지 질병을 앓고 있었지만 4달 간의 치료를 통해 완전히 회복되었다. 외모만큼이나 성격도 좋은 아이가 사랑을 받으니 표정도 더 똘망똘망해지고, 행동도 자연스럽고 편해 보였다. 병원에 있는 동안 직원들과도 친해져 애교를 부리기도 했는데, 신기하게도 '아이비'라는 이름을 지어 준 직원을 졸졸 따라다니며 필살 애교를 떨었다. 운명이었던 걸까. 그 직원은 결국 아이비의 평생 가족이 되었다.

::

사람 간의 인연만큼이나 사람과 동물의 인연도 참 신기하다. 너는 내 운명이라는 말처럼 지금 내 옆에 있는 반려동물은 모두 천문학적 확률로 운명처럼 만난 소중한 인연임을 잊지 않았으면 좋겠다.

너는 내 운명

지금

내 옆에 있는

반려동물은

모두

천문학적

확률로

운명처럼

만난

소중한

인연임을

잊지 않았으면

좋겠다.

반가운 손님, 간택냥

화창한 날씨에 쌀쌀함이 느껴지는 어느 늦가을이었다고 한다. 창문을 열고 청소기를 돌리고 있는데 무언가가 집 안으로 뛰어들어 왔다. 회색빛 털을 가진 고양이였다. 깜짝 놀라 하마터면 청소기를 놓칠 뻔했지만 이분은 다행히 고양이를 사랑하는 분이었고, 예전에도 고양이를 키운 경험이 있었다. 반가운 마음과 어디가 아픈가 하는 걱정스런 마음으로 고양이를 살폈다. 다행히 고양이는 다치거나 아픈 곳은 없어 보였고 사람 손을 탔던 아이가 분명했다. 게다가 아이는 길에서는 흔히 볼 수 없는 품종묘였다. 분명 애타게 찾는 가족이 있을 거란 생각에 동네 이곳저곳에 전단지를 붙이고 SNS를 통해 수소문해 봤지만 고양이의 가족은 나타나지 않았다고 한다.

그렇게 생각지도 않은 임시 보호를 시작하고 얼마 지나지 않아

단순히

살이 찐 줄

알았는데,

출산일이

다 될 때까지

몰랐다는 게

너무

미안하네요.

같은

임산부로서

제가 너무

무심했던 것

같아요.

우연한 인연

아이의 몸이 점점 불어나기 시작했다. 수컷이라고 알고 있었기 때문에 처음에는 살이 찐 게 아닐까 생각했다고 한다. 하지만 그렇게 생각하기엔 배가 묵직해 보여 혹시 질병이 있는 건 아닐까 하는 마음에 병원을 찾게 된 것이다. 아이의 보호자는 병원에 와서야 아이가 암컷이었다는 것을 알게 되었다. 심지어 현재 아이의 뱃속에는 세 마리의 아기들이 자라고 있었다. 보호자의 얼굴에 당황스러움과 미안함이 느껴졌다.

"단순히 살이 찐 줄 알았는데, 출산일이 다 될 때까지 몰랐다는 게 너무 미안하네요. 진작에 병원에 데려와 볼 걸 그랬어요. 같은 임산부로서 제가 너무 무심했던 것 같아요."

::

놀라운 것은 고양이에게 간택된 지금의 보호자 또한 수주의 아이를 임신한 어머니였다. 고양이는 며칠 뒤, 예쁘고 건강한 세 마리 새끼를 낳았다. 새끼 중 한 마리는 엄마와 함께 살기로 하고, 나머지 형제들은 보호자 지인들의 가정으로 입양되었다. 모두 예쁘게 잘 지낸다는 소식을 종종 들으며 지금 생각해도 자기 집을 스스로 찾은 간택냥의 선택이 신기하고 놀랍기만 하다.

장군이의 끝없는 기다림

어느 한적한 시골길, 어디선가 나타난 강아지 한 마리가 밤이고 낮이고 누군가를 기다리고 있었다. 어디에서 온 녀석인지 알 수는 없지만 언제나 한결같은 모습으로 그 자리를 지키고 있는 모습이 마치 늠름한 장군 같아 사람들은 그 아이를 장군이라고 불렀다고 한다.

::

다행히 장군이의 밥을 챙겨 주는 분들이 있어서 끼니는 거르지 않았지만, 문제는 녀석이 종종 지나가는 차를 보면 무작정 위험천만한 달리기를 한다는 것이었다. 그런데 차를 따라 달리는 장군이의 뒷발이 어딘가 이상해 보여, 평소 녀석에게 밥을 챙겨 주던 동네 분이 장군이를 데리고 우리 병원을 찾아왔다.

장군이의 기다림

장군이의

마음속에

자신을 버린

가족은

어떻게

기억될까.

장군이의 검사 결과는 역시나 다리 골절이었다. 설상가상 골반까지 처참히 깨져 있는 걸 보니 교통사고가 분명했다. 분명 누군가 차를 타고 와 장군이를 그곳에 버리고 간 것이라는 생각이 들었다. 장군이는 자신을 버린 그 길에 앉아 지나가는 차들을 무작정 따라가다가 교통사고까지 당한 것은 아닐까.

::

골절로 무척이나 고통이 클 텐데도 차가 오면 달렸다는 장군이의 모습을 상상하니 코끝이 찡해졌다. 무엇보다 장군이의 슬픈 눈이 내내 마음에 걸렸다. 다행히 장군이는 수술이 잘 끝나 장군이를 챙겨 주던 동네 분에게 입양이 되었지만 아직도 차에 대한 집착은 버리지 못했다고 한다.

::

장군이의 마음속에 자신을 버린 가족은 어떻게 기억될까. 어쩌면 자신을 버린 것이 아닌 자신의 손을 놓친 것이라 생각할지도 모른다. 차라리 그랬으면 좋겠다. 장군이가 과거의 슬픈 기억을 모두 잊고 지금의 가족과 행복하게 지내길 간절히 바란다.

꺾이지 않는 마음, 번개

동물들의 삶이란 때로는 한없이 잔인하다. 평생 믿어 왔던 가족에게 버림받는다는 건, 그 가족에게 죽음의 사지로 내몰린다는 건 어떤 걸까. 감히 상상할 수도 없다.

::

번개가 그랬다. 번개는 시골의 어느 집에서 키우던 진돗개였다. 화창한 어느 날, 다정하진 않았지만 그래도 밥을 챙겨 주고, 종종 말도 걸어 주던 가족은 번개의 이마에 거대한 망치질을 했다. 몸보신을 하겠다는 이유였다. 애시당초 번개는 몸보신을 위해서 길러졌고 한 살이 되던 해, 그 목적을 위해 뒷산 공터에서 자신의 가족에게 망치질을 당한 것이다. 다행히 공터를 지나던 사람에게 발견되어 극적으로 구조되었지만 그 순간에도 번개는 자신을 망치

꺾이지 않는 마음

절망의

끝에서도

희망은

피어났다.

번개의

꺾이지 않는

의지가,

모두의

꺾이지 않는

간절함이

절망 속에서

기적을

만들어 낸

것이다.

로 내리친 가족을 향해 꼬리를 쳤다고 한다.

그러나 그 이후에도 사람들은 번개에게 한없이 잔인했다. 번개가 보호소에 있는 10일간 주인이 소유권 포기를 하지 않는다는 이유로 간단한 치료도 받지 못한 채 방치된 것이다. 번개의 몸은 점점 굳어져 갔고, 한 구조자에 의해 우리 병원에 왔을 때는 이미 뇌 손상이 시작된 지 10여 일이 지난 후였다.

::

번개의 상태는 MRI 등의 고차원적인 검사가 필요한 상황이었지만 구조자 입장에서 부담이 되는 비용이었다. 일단 급한 대로 뇌 손상에 대한 내과 및 재활 치료를 실시했다. 치료를 하면서도 회복 가능성을 장담할 수는 없었다. 이미 손상의 정도가 컸고 마비가 진행된 데다 시일이 많이 지나서 회복될 수 있는 가능성이 낮았기 때문이다. 하지만 부들부들 떨면서도 일어나려고 버둥거리는 번개의 모습을 보니 감히 포기란 말을 할 수 없었다. 나는 논문까지 뒤지며 할 수 있는 최선을 다했다. 뇌 손상 환자에겐 약물도 중요하지만 말초 신경들이 살아날 수 있도록 지속적인 신경 자극이 필요했기 때문에 물리치료를 하면서 계속 격려의 말을 해 주었다.

절망의 끝에서도 희망은 있었다. 마비로 인해 통증조차 느끼지

못하던 번개가 점차 몸을 일으키기 시작했고, 비틀거리며 쓰러지면서도 끝까지 포기하지 않았다. 그렇게 며칠이 지나고 번개는 이름처럼 빠르게 달려오는 건강한 모습으로 회복될 수 있었다. 사실 번개라는 이름은 처음 병원에 오던 날, 이마에 망치로 맞은 상처가 번개 모양 같아 내가 임시로 지어 준 이름이었다. 하지만 그 이름이 이제 번개처럼 빠른 행동을 나타내는 상징이 됐으니, 이걸 기적이 아닌 다른 말로 표현할 수 있을까.

::

번개는 더는 재발 가능성이 없을 거란 최종 확인까지 받은 후에 우리 병원을 떠났다. 그리고 잠시의 한국 생활을 끝으로 미국에 있는 좋은 가족을 만났다. 가족과 행복하게 지내는 번개의 영상을 전해 받으며 번개의 꺾이지 않는 마음에 대해 생각했다. 번개의 꺾이지 않는 의지가, 모두의 꺾이지 않는 간절함이 절망 속에서 기적을 만들어 낸 것이다.

귀 없는 고양이

어느 날, 한 손님이 아기 고양이를 안고 급히 병원으로 들어왔다. 몇 달 전, 가게 지하에 길고양이가 새끼를 낳았는데 새끼들만 두고 도망을 가 버려 대신 새끼 고양이들 밥을 주며 돌봤다고 한다. 그런데 오늘 그중 한 마리가 갑자기 머리에 피를 흘리며 건물 밖에 쓰러져 있는 것을 보고 깜짝 놀라 병원에 데려온 것이다.

::

이제 생후 3개월 남짓한 아이는 한쪽 귀가 잘려 너덜너덜했고, 머리 부분까지 이빨 자국으로 보이는 상처가 심하게 나 있었다. 아마도 밖에서 들개나 다른 고양이(하지만 고양이라 하기엔 이빨 자국이 컸다), 혹은 야생동물에게 공격을 당한 것 같았다.

아이의 상처가 너무 깊어서 혈액검사 수치도 매우 불안정했고,

생사를 알 수 없는 긴박한 상황이었다. 하지만 언제나 기적은 있기에 그대로 아이를 포기할 수는 없었다. 단 1%의 가능성, 아니 그조차 없다 해도 아이의 생명이 살아 있는 한 포기하지 않는 것이 내가 의사로서 할 수 있는 최선이라고 생각했기 때문이다.

::

매일매일 상처를 드레싱해 주고 약물 치료를 하면서 아이가 조금씩 회복되는 모습을 보였다. 회복이 되면서 간단한 마취를 통해 수술을 진행했지만 아이는 수술 후에도 일어나지 못하는 듯했다. 하지만 어느 순간 아이가 스스로 몸을 일으키기 시작했고, 무서운 속도로 나아지기 시작하더니 언제 아팠냐는 듯 완전히 회복되었다. 1% 가능성이 100%의 기적을 만들어 낸 순간이었다.

어느 순간

아이가 스스로

몸을

일으키기

시작했다.

1%

가능성이

100%의

기적을

만들어 낸

순간이었다.

세상에 하나뿐인 특별한 고양이

보신탕 집 아이

동네 식당에서 키운다는 강아지 몸에 큰 혹이 있어 치료를 해 주고 싶다고 제보한 사람은 주인이 아닌 동네 주민이었다. 평소 오가며 강아지를 보았는데 최근 들어 점점 걷기 힘들어하고 혹 부분에 출혈이 보여 더는 두고 볼 수 없었다는 것이다. 놀랍게도 아이가 산다는 식당은 보신탕 집이라고 했다. 주인 말로는 착하고 말을 잘 들어서 그냥 몇 년째 키웠다고 한다.

::

당시 병원에 온 아이의 상태는 눈으로 보기에도 심각해 보였다. 성인 주먹 두 개 정도 크기의 종양이 배에 늘어져 있었는데 얼마나 오래 터졌다 아물었다를 반복했는지 털과 뒤엉켜 오염되어 있었다. 게다가 큰 종양 외에도 크고 작은 종양들이 몇 개 더 보였다.

::

아이는 눈에 초점이 없었고 잇몸은 빈혈로 인해 창백했으며, 생살이 터져 나가는 정도의 큰 통증에도 별다른 반응을 보이지 않았다. 촉촉하게 젖어 있는 눈을 보고 있자니 과거 검사관 시절, 도축장에 출하되어 오는 소들의 눈이 떠올라 괴로웠다. 어떻게든 지금 아이가 느낄 고통을 조금이나마 덜어 주고 싶은 마음이었다.

::

다행히 아이는 두어 시간의 긴 수술을 잘 견뎠고, 빈혈이나 높았던 염증 수치도 다 정상으로 돌아와 퇴원을 하게 되었다. 하지만 아이의 혹은 악성종양으로 앞으로 그리 많은 시간이 남지 않은 듯했다. 그럼에도 아이가 수술하기 이전의 그 공허한 눈빛이 사라지고 삶의 의지를 보이는 것 같아 조금이나마 다행이었다. 아이를 보내며 부디 앞으로 남은 삶이라도 사랑받으며 편안하게 지내길 바랐다. 의사로서가 아닌 아이를 응원하는 한 사람으로서 이 아이에게도 기적이 일어나길 간절히 기도하면서.

생명이 참혹하게 꺼져 가는 곳에서

어떻게든

지금

아이가 느낄

고통을

조금이나마

덜어 주고 싶은

마음이었다.

이

아이에게도

기적이

일어나길!

교통사고를 당한 아이의 사연

강아지 한 마리가 한쪽 눈이 튀어나온 채, 절뚝이며 도로를 서성거리고 있다는 제보가 들어왔다. 들개가 아닌 5킬로그램도 안 되어 보이는 작은 푸들이라고 했다. 병원에 도착해 자세히 듣게 된 아이의 사연은 뺑소니 교통사고였다. 뇌진탕, 안구돌출, 골반골절, 간 손상 등 아이의 상태는 심각했다. 게다가 아이의 모습도 평범하지 않았다. 미용이 특이하게 엉덩이 부분만 되어 있고 중성화도 되어 있지 않았으며 나이도 어려 보였다. 왜 이 아이는 도로 한복판에서 저런 위험한 모습으로 서 있었던 것일까. 무엇보다 불안감에 떠는 아이의 모습이 계속 마음에 걸렸다.

다행히 아이는 한 남성 분의 구조로 병원에 오게 되었고, 칩도 확인이 되어 보호자에게 연락이 닿았다. 그런데 막상 보호자라고 온 사람은 아이의 이름도 헷갈려하고, 중성화 여부도 모르는 데다

무엇보다 다친 아이를 치료할 의지가 전혀 없어 보였다. 결국 병원에서 알아서 하라는 말만 하고는 매몰차게 소유권을 포기하고 돌아갔다.

::

공교롭게도 이 아이가 발견된 위치가 여러 번식장들이 모여 있는 곳이었고, 특이하게 미용이 엉덩이 부분만 되어 있었다는 점(보통 번식견들은 교배를 원활히 하기 위해 허리부터 엉덩이 부분까지만 털을 바짝 미는 경우들이 종종 있다)을 고려했을 때, 이 아이는 번식장에서 수컷 종견으로 키워졌던 게 아닐까 하는 추측을 해보게 되었다. 어쩌면 아이는 스스로 번식장을 탈출해 도로를 헤매다 사고를 당했거나 아니면 이미 다친 아이가 더는 필요성이 없어 버려진 것은 아닐까. 어떤 이유든 이 아이의 가여운 삶이 반려동물 천만 시대라는 우리나라 현실의 어두운 이면을 보여 주는 것 같아 씁쓸함을 금할 수가 없었다.

이미 번식장에 대한 많은 문제들이 여러 활동가들에 의해 밝혀지고 있고, 사람들의 인식도 조금씩 개선되고 있지만 여전히 보이지 않는 곳에서 수많은 불법 번식장들이 운영되고 있다. 이제는 관심을 넘어 좀 더 전문적이고 체계적인 시스템이 구축되어 소중한 생명이 돈에 의해 거래되고 희생되는 일은 없어져야 할 것이다.

왜

이 아이는

도로

한복판에서

저런

위험한

모습으로

서 있었던

것일까.

눈이 아닌 마음으로

뱀 목도리를 한 손님

어느 날, 한 손님이 혼자 병원에 내원했다. 여기저기 둘러보길래 강아지 사료나 용품을 사러 왔다고 생각했는데, 5분 정도 병원을 둘러보더니 살짝 실망스러운 얼굴로 내게 다가왔다. 손님은 잠시 주춤하더니 파충류는 진료를 안 보냐고 물었다. 예상치 못한 질문에 당황했지만 나름 친절히 설명을 해 주었다.

::

파충류는 포유류와 많이 다르기 때문에 전문적인 진료를 보기가 어려워 우리 병원에서 파충류 진료는 따로 보지 않는다고 설명했다. 그런데 그 순간 손님의 목에 마치 매직아이처럼 무언가 움직이는 게 보였다. 놀랍게도 그것은 뱀이었다. 거짓말처럼 들릴지 모르지만 그분은 뱀을 마치 목도리처럼 두르고 있었던 것이다. 심

하늘하늘 뱀 목도리

그 순간

손님의 목에

마치 매직아이처럼

무언가

움직이는 게

보였다.

놀랍게도

그것은

뱀이었다.

지어 복장도 뱀 색깔과 비슷해서 아무도 목에 뱀이 둘러져 있을 거라고 눈치채지 못했다. 우리가 뱀을 보고 놀라 당황하는 모습을 보이자, 손님은 마치 작은 목적을 달성하기라도 한듯 옅은 미소를 띠며 유유히 병원을 나섰다. 우리는 지금도 가끔 그 뱀 목도리를 한 손님 얘기를 하곤 한다.

::

많은 분들이 수의사들은 어느 동물까지 진료를 보는지 궁금해 한다. 동물의 분류는 매우 다양하고 분류하는 기준도 여러 방법이 있기 때문에 수의사라 하더라도 모든 종류의 동물을 진료할 수는 없다. 그리고 개나 고양이 같은 동물이라도 그 품종에 따라 다른 부분이 있기 때문에 다양한 지식과 경험이 중요하다.

생명의 무게, 모란장의 아이들

병원의 위치가 시장과 멀지 않아 종종 모란장에서 아이들이 입양되어 오는 경우가 있다. 동물판매업에 등록되지 않은 시장에서 동물을 거래하는 것은 불법이지만 여전히 시장에서 동물을 사고파는 일은 흔한 일이다.

::

일단 모란장에서 온 아이들은 병원에 들어올 때부터 심상치 않다. 구토, 설사, 식욕부진 등 증상이 대부분 비슷하기 때문이다. 병원에 오면 접수하기 전 어디서 입양했는지부터 확인한 뒤, 예상대로 모란장일 경우 바로 아이를 진료실로 들이고 꼼꼼히 주변 소독부터 실시한다. 역시나 병명은 파보 혹은 코로나 복합 감염 등이다. 파보 바이러스의 경우 치사율이 무려 70퍼센트가 넘는 잔인한

질병이다. 특히 코로나 바이러스와의 복합 감염 시, 살 수 있는 확률이 거의 없을 정도로 위험하고 치명적인 병이다.

::

질병이 확인되면 보호자에게 현재 상태에 대해 자세히 설명해 준다. 그리고 치료의 필요성을 이야기하면서 치료해도 살 수 있는 확률이 적다는 사실까지 미리 알린다. 그 과정은 생명을 살리는 의사로서 내가 얼마나 무기력하고 무능력한지를 깨닫는 괴로운 순간이기도 하다.

::

설명을 들은 보호자들의 반응은 보통 두 가지로 나뉜다. 살 수 있는 확률도 적고 비용도 많이 드는 치료를 모란장에서 몇 만원 주고 데려온 아이에게 쓸 수 없다며 치료를 포기하는 사람과 돈에 주저하지 않고 살려만 달라고 하는 사람이다. 후자의 경우 당연히 나 또한 살리려는 마음이 커지지만 전자의 경우, 순간 수만 가지 생각이 든다. '돈 안 받고 그냥 치료해 준다고 할까. 아니면 아이를 데려가라고 할까. 생명을 두고 돈으로 저울질하는 내가 과연 의사라 할 수 있을까?' 등등 마음속에서 수없이 스스로에게 되묻고 되묻는다. 하지만 더욱 허무한 건, 결국 살고 죽는 것은 의사인 내 의

모든 아이들이 꽃처럼 사랑받길

돈 안 받고

그냥

치료해 준다고 할까.

아니면

아이를

데려가라고 할까.

생명을 두고

돈으로

저울질하는

내가

과연 의사라

할 수 있을까?

지와 별개인 경우도 많다는 것이다.

살 줄 알았는데 갑자기 죽는 아이도 있고, 반대로 죽어가다 살아나는 아이도 있다. 생명의 마지막 숨(체인스톡 호흡)을 쉬는 순간마다 수만 가지 후회를 한다. 내 치료 방법이 맞았는지, 한 번 더 주사가 들어갔어야 했는지, 밥을 억지로 먹이지 말았어야 했는지, 수혈을 했어야 했는지 등등. 그렇게 발을 동동 구르며 후회해도 이미 꺼져 버린 생명은 다시 돌아올 수 없다.

::

최근에도 나는 모란장에서 온 두 아이를 보내야 했고, 지금도 그 아이들을 살리지 못했다는 죄책감에 괴로워질 때가 있다. 부디 순간순간 내 선택이 아이들에게 최선이었길 바랄뿐이다.

엄마
콩떡이와
삼떡이
삼 형제

콩떡이는 내가 구조한 만삭의 산모견이었다. 가족에게 버려져 보호소에 있던 콩떡이는 4시간 넘게 차를 타고 우리 병원으로 오게 되었는데 만삭의 몸으로 심장사상충에 슬개골 탈구, 심한 폐렴까지 앓고 있었다. 그나마 불행 중 다행인 건 우리 병원에 온 그날 저녁, 콩떡이가 차디찬 보호소가 아닌 따뜻한 병원 한 공간에서 세 마리 새끼를 낳은 것이다. 이제 막 태어난 아기들은 여러 환경적 요인 때문인지 표준 체중에 비해 좀 작은 편이었지만 활력도 있고 젖도 잘 먹는 상태였다.

::

그런데 곧 첫 번째 위기가 닥쳤다. 수유 중인 콩떡이에게 무리되지 않게 항생제를 투여 중이었으나 점점 심해지는 폐렴 때문에

수액 및 항생제를 추가해야 되는 상황이 생겨 버린 것이다. 부득이하게 엄마와 아기들을 분리시킬 수밖에 없었다. 아기들만 생각하기엔 엄마 콩떡이의 상태가 위독했기에 내린 어쩔 수 없는 결정이었다.

::

생후 일주일밖에 안 된 아기 강아지들은 직접적인 초유 공급밖에는 방법이 없었고, 나와 직원들이 번갈아가면서 아기들에게 초유를 먹이기로 했다. 한 아이, 한 아이 직접 초유를 먹일수록 애틋함은 점점 강해졌고, 2시간 단위로 모유를 먹어야 하는 아기들을 위해 매일 밤을 새며 아기들 초유 먹이기에 집중했다.

::

그런데 어느 날, 며칠째 잘 먹던 한 아이가 점점 먹는 게 줄더니 몇 시간이 지나자 눈에 띄게 기운이 줄고 움직임이 없었다. 그리고 얼마 후, 하늘나라로 떠나 버리고 말았다. 애틋했던 만큼 죄책감과 자괴감에 빠졌고, 남은 아이들을 살리기 위해 끝까지 노력했지만 결국 남은 아기들도 모두 하늘나라로 떠나고 말았다. 아기들이 하늘나라로 간 걸 아는지 엄마 콩떡이는 그날 이후, 언제나 슬픈 눈으로 어딘가를 바라보곤 했다.

수의사로서 여러 종류의 죽음에 직면하지만 가장 가슴 아픈 죽음은 이렇게 세상에 처음 빛을 본 아이들의 죽음이다. 지금도 내 손에 안겨 초유를 받아먹던 아이들의 체온과 젖비린내가 잔향처럼 남아 있는 것만 같다.

::

눈에 넣어도 아프지 않을 만큼 사랑스러운 꼬물이 삼 형제, 우리는 콩떡이의 아기들을 삼떡이라 부르곤 했었다. 삼떡이들이 태어난 이튿날, 엄마 콩떡이가 쪼르르 나와 몸을 뒤집으며 애교를 부리는 모습을 보면서 아기들을 무사히 낳을 수 있어 고맙다는 인사를 하는 듯 보였다. 그런데 그 소중한 아기들을 살리지 못하고 하늘로 떠나보내게 되어 너무 안타깝다.

"콩떡아, 아기들을 살리지 못해 미안해. 너에게는 잘못이 없어. 너는 너무나 좋은 엄마야."

잘가, 삼떡이들

아기들이

하늘나라로

간 걸 아는지

엄마 콩떡이의

눈이

유난히

슬퍼 보였다.

"콩떡아,

아기들을

살리지 못해

미안해.

너는

너무나 좋은

엄마야."

순돌아,
잘가

순돌이는 길에서 여기저기 밥 동냥을 하며 살던 고양이였다. 밥을 챙겨 주시던 분은 순돌이가 유난히 고운 하얀 털 때문에 사람들 눈에 잘 띄어 상처받을 일이 생기진 않을까 걱정스러웠다고 한다. 그분은 결국 아이를 구조해 집에서 따뜻한 밥을 먹여 주었다. 하지만 길에서 자유롭게 살던 순돌이에게 오히려 집은 억압의 공간이 되었던 걸까. 몇 년이 지나도 적응을 하지 못하던 순돌이는 결국 지병이 더 심해져 병원에 오게 되었다.

::

순돌이는 당시 지병에 의한 쇼크로 의식이 없는 상태였고, 급히 수술을 하게 되었다. 다행히 수술 후, 지병은 거의 완치가 되었지만 계속해서 꾸준한 치료가 필요한 상황이었다. 나는 순돌이를 우

리 병원에서 지낼 수 있도록 제안했고, 구조자 분의 동의로 우리 병원에서 지내게 되었다. 순돌이는 여전히 사람 손을 타지 않았지만 유독 고양이를 좋아해 낮엔 사람을 피해 숨어 있고, 밤엔 다른 고양이와 병원을 여기저기 돌아다니는 생활을 했다. 그리고 순돌이를 만난 지 10년이 된 얼마 전, 순돌이는 고령으로 인한 심장병과 신장병으로 무지개다리를 건넜다.

::

나는 순돌이가 고양이 별로 떠나는 그날까지 한 번도 순돌이를 품에 안아 보지 못했다. 결국 그렇게 순돌이를 떠나보내고 후회와 미안함이 몰려왔지만, 그럼에도 내가 순돌이를 위해 해 준 것이 있다면 그건 순돌이의 절친 삼호를 만나게 해 준 것이다.

::

삼호는 내가 집 근처를 산책하던 중에 만난 아이로 당시 다리를 절뚝거리며 밥자리를 찾아다니던 아이였다. 늘 빈 밥그릇만 물끄러미 바라보는 모습이 안타까워 내가 직접 수소문해 구조하게 되었다. 다리는 신경 손상으로 완전히 돌아오지 못했지만 감염으로 인한 상처들이 아물고, 만성 구내염으로 밥도 잘 못 먹던 이빨도 치료를 통해 많이 좋아졌다.

삼호와 순돌이

언젠가

순돌이와 삼호가

고양이 별에서

만난다면

어떤

모습일까.

사람들은

알지 못하는

고양이들만의

세상에서.

::

하지만 삼호 역시 순돌이와 성격이 비슷해 사람 손을 전혀 타지 않았다. 삼호는 어느 날, 순돌이 울음소리에 처음으로 순둥 순둥한 반응을 보였고, 혹시나 하는 마음에 합사를 시켜 보니 마치 서로 오랜 벗을 만난 것처럼 친근했다. 그렇게 삼호와 순돌이는 1년 남짓 서로 의지하며 지냈고, 순돌이의 건강도 점차 좋아지는 듯했다. 하지만 나이가 들면서 점점 체중이 빠졌고 결국 고양이 별로 떠나게 된 것이다.

::

순돌이는 삼호의 따뜻한 관심과 사랑 속에서 편안하게 떠났을 것이다. 남겨진 삼호가 많이 걱정되지만 삼호를 위해 꾸준한 관심을 줄 생각이다. 삼호는 여전히 사납고 사람 손을 타지 않는 고양이지만 점차 적응해 가는 중이다. 아마 고양이 별에서 순돌이도 삼호를 응원해 줄 것이라 믿는다.

키다리 아저씨

평소 자주 보는 사이는 아니지만 우리 병원에 관심이 많고, 동물 구조에 관련해 내 활동을 지지해 주는 분이 있다. 그분은 일본 분으로 첫 강아지 시바견을 가슴에 묻고 현재는 작고 귀여운 포메라니안을 키우고 있다. 나는 마음속으로 이분을 키다리 아저씨라고 부른다. 우리의 인연이 어디서부터 어떻게 맺어졌는지는 모르지만 이렇게 든든한 지원군이 생겼다는 것만으로도 나에겐 너무나 소중한 인연이다.

::

처음 나의 소소한 관심에서 시작한 유기견, 유기묘를 위한 일들이 같은 생각을 가진 분들을 통해 생각지도 않게 선한 영향력을 발휘하게 되었다. 그런 경험들을 통해 내가 글을 쓰고 그림을 그

키다리 아저씨와 하루짱

우리가

각자의 자리에서

조금이나마

선한 영향력을

펼친다면

우리의

미래는

희망적이지

않을까.

리는 것도 유기 동물을 위한 활동 중 하나라고 생각한다. 그리고 그 작은 행동과 마음가짐이 여러 사람을 통해 점점 더 커지게 되고, 그 마음들이 모여 국내는 물론 해외까지도 전달되어 더 큰 일들을 이룰 수 있다고 믿는다. 키다리 아저씨처럼 해외에 있는 분들까지도 우리 마음에 공감해 도움을 주고 지지한다는 게 정말 신기하고 감사한 일이다. 어쩌면 우리가 만나는 모든 만남은 우연이 아닐 수 있다. 또한 우리의 일상 속 사소한 일들은 결코 사소하지 않은 기적 같은 결과를 낳기도 한다.

::

나의 10년 뒤, 20년 뒤의 모습은 어떨까. 우리가 각자의 자리에서 조금이나마 선한 영향력을 펼친다면 우리의 미래는 지금보다는 조금 더 희망적이지 않을까. 그래서 나는 앞으로도 지금 이 자리에서 내가 할 수 있는 최선을 다하리라 마음속으로 다짐한다. 그게 나를 응원해 주고 함께해 주는 분들을 위해 내가 할 수 있는 최소한의 노력이라고 생각하기 때문이다.

Special

thanks,

my

friend,

Ike BBoong!

우리의

일상 속

사소한 일들이

기적 같은

결과를

낳기도 한다.

내 사랑
폴라

우리 병원의 마스코트 폴라는 나의 반려견이다. 폴라와 나의 인연은 조금 특별하다.

8년 전, 병원 오픈을 준비하면서 셰틀랜드 쉽독의 매력에 빠졌고, 우연히 입양을 할 수 있는 기회를 얻게 되었다. 나는 지인과 함께 입양할 아이를 데리러 가며 사진으로 본 아이가 하얀 북극곰 같아 우직하고 튼튼하게 자라라는 의미로 '폴라'로 지었다는 얘기를 했다.

그렇게 그 집에 도착해 미리 사진으로 봤던 아기 강아지를 보게 됐고 예쁘고 명랑한 모습에 금방 마음이 갔다. 그런데 그 순간 갑자기 내 옆에 있던 다른 강아지가 자연스레 내 무릎에 올라와 앉는 게 아닌가. 아이는 이제 1살 정도 되어 보였다. 순간 당황스러우면서도 아이의 능청스러움과 귀여운 모습에 나도 모르게 마

음이 갔다. 지금 생각해도 마치 운명처럼 서로를 알아본 순간이라고 할 만큼 특별한 기억이다.

나는 아기 강아지 대신 이 아이를 데려가고 싶다고 보호자에게 사정했지만 보호자는 단호히 거절했다. 이 아이는 본인이 쇼에 데리고 나가려고 준비 중인 아이라는 것이다. 자세히 보니 귀는 성형을 위해 접착제로 접혀져 있었고, 성대 수술까지 되어 있었다. 그 모습을 보자, 더욱 이 아이를 포기할 수 없었다. 나는 보호자에게 내가 동물병원을 하고 있으니 아이가 안 아프고 건강하게 살 수 있도록 평생 노력하겠다며 간절히 설득했다. 하지만 보호자는 단호히 거절하며 나와 눈도 마주치지 않았다. 그리고 아이의 이름을 부르며 내 무릎에서 내려오게 했다. 그런데 그 순간 나는 깜짝 놀라고 말았다.

함께라서 행복한 폴라

보호자가 아이를 향해 부른 이름이 '폴라'였기 때문이다.

내가 놀란 얼굴로 아무 말도 하지 못하자 보호자가 이유를 물었다. 나는 내가 이곳으로 오기 전부터 강아지 이름을 폴라로 미리 정해 두었다고 말했다. 그러자 한참을 고민하던 보호자가 내게 폴라를 보내겠다는 것이었다. 모든 상황이 마치 정해진 운명 같았다. 그렇게 폴라는 운명처럼 나에게로 와서 나의 '폴라'가 되었다. 어느새, 폴라는 10살이 되었고 몇 년 전, 급성 백내장으로 수술을 받았다. 나이가 들면서 고지혈증과 고콜레스테롤증 약도 매일 먹고 있다. 하지만 폴라는 여전히 그 모습 그대로 사랑스럽고 예쁜 나의 가족이다. 오늘도 나와 함께 병원을 지키는 폴라를 보면서 이처럼 특별한 존재가 내 옆에 있다는 게 너무도 감사하다.

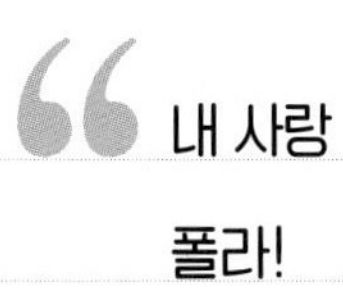

내 사랑
폴라!

우린
운명처럼
서로를
알아봤지.

기억하려 쓴
작은
존재들

마지막 숨이 가까운, 고단하고 이름 없는 동물들을 누가 이토록 따스히 맞아 줄까.

먹겠다고 이마에 망치질을 한 가족에게마저 꼬리 치다 실려 온 개를 위해 이름을 지어 주고, 논문을 뒤지고, 죽어가는 뇌 신경을 살리려 격려의 말로 깨우던 사람. 아기 강아지를 위해 밤새 2시간마다 초유를 먹이고도 끝내 하늘나라로 가자, 꼬물이들 잔향에 눈물을 삼키면서도 네 잘못이 아니라며 그 어미까지 위로하는 사람.

그런 수의사가 실제 존재하는 게, 유해하고 컴컴한 인간 세상에서 고통받는 동물들에게 작은 불빛 같은 희망이지 않냐며, 수없이 울먹이며 읽었다.

프롤로그

낭만 수의사의 시작

엄마가 외출하고 돌아오기까지 어린 소년은 엄마의 옷장 속 털옷에 얼굴을 비비며 따뜻하고 부드러운 온기를 느꼈다. 엄마가 이 모습을 본다면 분명 화를 낼 것이다. 하지만 소년은 지금 이 순간 만큼은 이 보송보송한 보드라움을 맘껏 즐기고 싶었다.

동물을 좋아하는 소년은 가끔은 열대어를 파는 좁은 수족관 옆에 웅크리고 앉아 뽀글뽀글 산소 올라오는 소리를 듣기도 하고, 물고기나 거북이의 움직임을 관찰하며 시간을 보냈다. 언젠가 학교 앞, 병아리 파는 곳에 앉아 그곳을 떠나지 않았던 적도 있었다. 하지만 병아리를 살 수는 없었다. 생명을 함부로 사고팔 수 없다는 부모님의 철저한 원칙 때문이었다. 소년은 당시 유명했던 TV 프로인 〈퀴즈탐험 신비의 세계〉를 애청하며 동물의 세계에 푹 빠졌고, 자연대백과를 보다 잠이 들곤 했다.

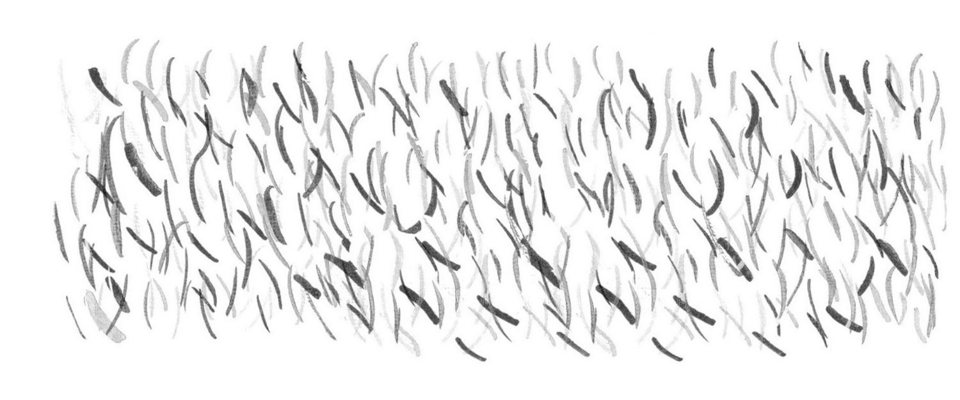

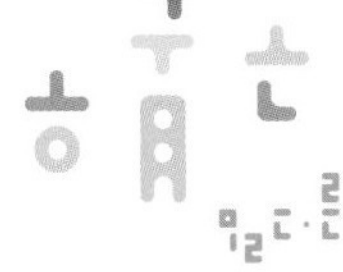

미술관
옆
동물병원
479
번지

KB186560